Luigi Lodi

Alla ricerca della verecondia

Texte et illustration de couverture : © domaine public
Edition : Culturea (Hérault, 34)
Contact : infos@culturea.fr
Retrouvez notre catalogue sur http://culturea.fr
Imprimé en Allemagne par Books on Demand
Design typographique : Derek Murphy
Layout : Reedsy (https://reedsy.com/)

Dépôt légal : janvier 2023
Tous droits réservés pour tous pays

ISBN : 9791041845491

Luigi Lodi

Alla ricerca

della verecondia

Con scritti di

**G. Chiarini, E. Panzacchi
E. Nencioni**

Quarant'anni dopo

Era venuto a Roma nella primavera del 1883, poco dopo che Ferdinando Martini aveva lasciata la direzione della «Domenica Letteraria».

Spiegherò dopo perchè unisco le due date – non i due nomi –; ma prima mi sembra convenga rammentare come l'autore dei proverbi deliziosi avesse data la sua assistenza alla natività di quel settimanale. Molte cose si dimenticano, e più ancora si ignorano, oggi.

Egli – questo almeno si ha da sapere – col «Fanfulla della Domenica» ci aveva dato un giornale nuovo per noi, non inferiore forse a quelli stranieri consimili, strumento mirabile di educazione e di letizia intellettuale. Ma se tale era il frutto dell'opera sua, non perciò la proprietà del periodico cessava di appartenere al Signor Obleight, il commendatore, come tutti lo chiamavano. Questi era uno straniero capitato fra noi poco dopo il nostro risorgimento politico; nella lunga dimora mai riuscì a parlare cristianamente l'italiano, ma conosceva benissimo la lingua degli affari e se ne valeva con profitto. Quindi aveva trovato di introdurre, di organizzare fra noi la pubblicità nella stampa quotidiana. A poco a poco aveva pertanto assunta la quarta pagina di parecchi giornali diversi e anche avversi di partito e di persone – per lui ciò era indifferente – e ne traeva vistosi guadagni. Quando era giunto al colmo della speculazione fortunata, ebbe un'idea: fondare un periodico letterario. Aveva sotto mano il «Fanfulla» che serbava un buon patrimonio di meritate simpatie, e riuscì a trarre con sè Ferdinando Martini, quegli che l'idea poteva tradurre in atto nel miglior modo possibile. Così il successo fu immediato e si prolungò, pure accrescendosi, per circa tre anni.

Ma nel principio dell'82 avvenne quello che non era atteso; anzi avvenne precisamente il contrario di quanto era meditatamente aspettato. Il «Commendatore» aveva pensato di cedere i contratti di pubblicità da lui stipulati alla ditta francese Fremy. Quella cessione parve – ed era – scandalosa; una inframettenza straniera era introdotta nella gestione finanziaria di una notevole parte della nostra stampa quotidiana. Luigi Arnaldo Vassallo aprì, nel «Capitan Fracassa», e proseguì la polemica con tutti i mezzi dei quali disponeva: l'arguzia, la violenza, la rispettabilità propria.

Il Martini ne fu scosso, e pose a sè stesso il problema: Posso io rimanere? – A parecchi amici che interrogò parve eccessivo quello scrupolo suo; ma egli, che persisteva a sentirlo, volle udire l'opinione di Silvio Spaventa, che gli dette ragione. Allora lasciò la direzione del «Fanfulla della Domenica». Di lì a non molto assunse quella della «Domenica Letteraria», che si iniziava così sotto i suoi auspici.

Se non che, per vari motivi, l'impresa non gli sembrò confacente, non la trovò di suo gusto, e l'abbandonò. Così questa rimase esclusivamente ad Angelo Sommaruga, di recente trasmigrato a Roma per edificarvi una casa editrice. Fare l'editore era stata, dalla prima giovinezza, l'ambizione di quel figlio di un avventurato commerciante milanese. Nella grande città lombarda, infatti, aveva pubblicata la settimanale «Farfalla» con una splendida testa femminile sulla copertina, disegnata dal Cremona, e dentro gli scritti di una schiera di quella bohème che si raccoglieva allora nel caffè del teatro Manzoni. Mandato dalla famiglia in Sardegna per attendere a lavori minerari, egli, invece, trovò il modo di far uscire un'altra «Farfalla». A Roma finalmente era venuto con pochi capitali e un proposito già fisso: quello della «Cronaca Bizantina» che il tipografo Centenari seppe elevare a modello di eleganza tipografica.

Ma io non intendo di rifare qua il profilo del Sommaruga, anche perchè bisognerebbe farlo interamente, tanto quello che finora si è detto di lui è – quasi tutto – al di fuori della realtà. Gli si sono attribuite consuetudini, intendimenti, colpe che egli non ebbe. Forse tale era il suo destino;

anche la giustizia, cioè i magistrati, lo processarono e condannarono per reati che non aveva commessi.

Egli, dunque, che mi aveva conosciuto parecchi anni avanti, nella primavera dell'83 mi chiamò a Roma per lavorare nelle sue pubblicazioni.

Essendo, però, io subito entrato al «Capitan Fracassa», la mia collaborazione si limitò quasi esclusivamente alla «Domenica Letteraria» per la quale ogni settimana aveva da scrivere l'articolo, diciamo, di fondo: quello composto con più maestoso carattere e collocato al principio. Pel resto egli provvedeva mettendoci dentro novelle, versi, bibliografie da lui provocate; e sopratutto gli annunzi dei volumi che andava, con prodigiosa rapidità, offrendo al pubblico. Un giorno mi dette le bozze di stampa – che si era procurate – della diatriba del Chiarini contro «L'Intermezzo» – allora uscito – di Gabriele D'Annunzio.

La ferocia di quell'assalto avanti ogni altra cosa mi stupì: proprio dal Chiarini avevo sentito discorrere, con larghissime lodi, del giovane scrittore quando era ancora nel collegio di Prato e aveva dato col «Primo vere» il suo primo saggio. Poi cominciai a domandarmi: – E il perchè di tanta ira? –

Nell'«Intermezzo» nuovissimo, molte, magari troppe rime erano dedicate all'amore; mancavano esse però nel volume primogenito e nell'altro, più recente, «Canto novo»? E nessuno se n'era scandalizzato.

Il critico poteva rimproverarlo di soverchia insistenza generante forse monotonia; era lecito, perchè ragionevole, osservare che quella galleria di ritratti femminili occupante molte pagine del libro appariva suggerita più che da una visione sincera, da una volontà artificiosa di suscitare compiacenze sensuali; sarebbe stato anche giusto affermare che parecchi di questi versi avrebbero potuto vantaggiosamente rimanere inediti.

Il dibattito così sarebbe rimasto entro i limiti della materia sua, la sola che potesse logicamente esaminarsi, visto che trattavasi di opera letteraria. Ma il Chiarini parlava d'altro, anzi più che parlare, con inquisitoria virulenza condannava. E la condanna era espressa così: «Voi siete un poeta sudicio!»

Sudicio, e perchè? Io aveva vivo, spontaneo affetto per l'autore che, a vent'anni, aveva già un posto alto, conquistato degnamente, e oltre a ciò possedeva le qualità personali della dolcezza, della eleganza, della bontà. Il D'Annunzio a quel tempo, era veramente un ammaliatore: pareva che tutto dovesse sorridere intorno a lui.

Ma la quistione era, in ogni modo, anche al di fuori, al di sopra di lui.

Si trattava, cioè, di precisare su quali esatti criteri si dovesse definire immorale una poesia d'amore; quando l'omaggio della rima alla bellezza femminile avesse a considerarsi sudiceria. Da tale ricerca mosse il primo articolo mio.

Con ciò non intendeva mescolarmi tra i fautori del realismo o naturalismo di moda allora, nè ricorrere alla larga fonte della prefazione alla «Mademoiselle Maupin», cui si era pure abbeverato Lorenzo Stecchetti, preludendo ai suoi «Polemica». Questo, sopratutto, non voleva, poichè l'eroina del romanzo di Teofilo Gautier, pur sempre a parte la magnifica prosa in cui era raffigurata, rimaneva un fenomeno morboso, una stravaganza della fantasia, piuttosto che una realtà umana.

No. Io avrei voluto scrivere in difesa della società, della verità, della vita!

E perciò, domandava di stabilire logicamente, con pacata argomentazione, questi punti: L'amore è, di per sè, delitto? E l'amore non fu, non sarà sempre immancabilmente materiato dal desiderio del possesso? Quando questo desiderio, che è fatale della stirpe, può nella sua espressione sincera offendere il pudore altrui?

Rileggendo ora, il che non mi accadeva da molti anni, le risposte del Chiarini, e quelle sopravvenute del Nencioni e del Panzacchi, debbo dire, pur col maggior rispetto alla memoria degli illustri uomini, che esse tuttavia non mi persuadono.

I loro ragionamenti, certo perspicaci, o sbaglio o si riassumono così: È consentito dire di una donna che ella possiede capelli morbidi, lucidi, abbondanti; occhi luminosi e buoni; bocca rosea, persino collo incontestabilmente perfetto; ma niente di più, non un centimetro al disotto del collo o al di sopra del piede chiuso nella scarpa alta, nonchè nella calza fitta. Del resto nulla, assolutamente nulla.

Ebbene, con simili argomentazioni non si rinnova il pregiudizio medievale che gridava: «Maledetta sia la carne?» – O si accede alla falsità anglosassone che infierisce contro la parola, ma indulge al gesto, anzi al fatto effettivamente immorale?

Si ha da bruciare l'«Intermezzo» perchè – cito una delle sue colpe maggiori – vi si ammira un seno ceruleo coronato di fragola? Ma allora quanta eredità gloriosa degli artisti nostri più insigni dovrebbe fornire fiamme a un rinnovato carnevale della vanità? Oppure soltanto alla Laura petrarchesca vanno dedicati sonetti e canzoni? Ma si corre rischio, se il genere umano desse retta a quegli austeri predicatori, di far finire il mondo.

Quei rispettati contraditori miei anticipavano soltanto gli odierni biasimi rivolti alle signore che, ubbidendo alle necessità imposte dal caroviveri, si acconciano volentieri a far economia di stoffe per le loro vesti.

Ma quale sorta di malattie dovrebbe sovrastare alla presente generazione se la sola vista di un avambraccio femminile, liberamente esposto al sole, potesse eccitare lo scoppio di incontenibili impazienze? E quale virtù inspiratrice, e insieme frenatrice, avrebbe mai la morale, se bastasse a renderla impotente l'esposizione di una caviglia sottile e diritta?

E poi ricordate: Emilio Praga, ch'era poeta davvero, benchè scrivesse non raramente versi orribili, ha avvertito da tempo:

> «La malizia dell'uomo è profetessa:
> Passa attraverso....»

Ed è così: l'occhio avveduto penetra pure traverso le pellicce dense e le camicette accollate, vede o crede di vedere per apprezzare secondo i giusti meriti; soltanto qualche volta si sbaglia immaginando quel che non c'è. Ma come questo avviene? Perchè ci sono organismi sopraeccitabili, fantastici, cioè non sani. E la sovrabbondanza delle misure – diciamo così – precauzionali, non fa che ammalarli di più.

Ma non l'amore, che è legge, non la bellezza femminile che è consolazione del mondo, possono essere o divenire strumenti di corruzione.

Il «Decamerone» e l'«Orlando» non produssero mai nessuna depravazione, benchè non imponessero riti di astinenza ai personaggi loro.

Con questo si ha da abolire ogni freno, da lasciare libera la via alla impudicizia, alla perversione, al pro rompimento degli istinti, anche bestiali?

Oh no, anzi tutt'altro! Se si discorre, per richiamare un caso noto, delle novelle di un certo abate settecentesco, dico subito: «Bruciatele, dacchè il suo autore non è più altrimenti perseguibile». In quell'abate non era nè verità, nè arte, ma soltanto una ripugnante speculazione sopra una parte inferiore di noi.

E vorrei avere autorità bastevole per levare una voce efficace contro una parte della produzione letteraria – chiamiamola pure così – di oggi.

Certo – anche rispetto alla ideazione e alla forma – essa pare di grado inferiore pure di fronte a non lontani precedenti. Non riesce a rappresentare caratteri umani, logici e gagliardi: non sa raccontare con agilità semplice e forte, che s'incida durevolmente nella memoria; non sale mai ad una concezione cui risponda commossa l'anima dei lettori e degli ascoltatori. È evidente invece la ricerca della stranezza, della novità che sbalordisca. Ma, poichè la vena è scarsa ognuno avverte lo sforzo cui non risponde l'opera compiuta. Quei personaggi posti avanti, tutti irreali, malati di mente o di corpo, millantatori e inetti a una qualsiasi azione conclusiva, non possiedono virtù di seduzione.

I terribili epifonemi, che pronunciano per sbalordire ed entusiasmare il pubblico, non sono che luoghi comuni di una filosofia arretrata o rimasticamenti di frasi cadute da qualche più lauto banchetto. Lo stile adoperato, reso pesante dalla inflazione di aggettivi e di vocaboli a torto ritenuti preziosi, non dà colore, ma stanchezza o nausea.

Tutto questo che riassumo, e si potrebbe largamente dimostrare, apparterebbe alla critica, si riferirebbe principalmente all'arte, almeno quale si dovrebbe intendere.

Ma io, seguendo il punto dal quale sono partito, intendo discorrere soltanto della morale; di quella vera, eterna, che non si offende per una scollatura un poco abbondante, ma richiede il rispetto alla vita umana nelle sue molteplici manifestazioni, laboriose, pure, continuamente rinnovantesi.

La luce di una bontà consolatrice, di una verità superiore, o di una idealità feconda manca quasi interamente nella produzione odierna.

Essa ignora il bene o lo confonde col male, ponendo sulla medesima linea onesti e perversi, virtù e delinquenza. Anzi, a questa riserva le maggiori preferenze, appunto perchè essa compie l'atto violento. «Quasimodo» è brutto, ma finisce con abbellirsi per la commozione destata dalla sua deformità; il «Signor Alfonso» è un pervertito, l'autore lo punisce col diprezzo che lo accompagna. Si può rappresentare la bruttezza fisica, ma a patto di renderla moralmente buona: è lecito di raffigurare il delinquente, ma purchè si faccia efficacemente intendere che non va compatito, nonchè ammirato.

Ma oggi non ci sono attenuazioni o graduatorie, non si hanno riguardi per le verità ideali, appunto perchè non si sentono. E non si sentono perchè tra le moltitudini, più o meno, si è smarrito quel lume sicuro che è il rispetto della vita umana, alla sua sacra intangibilità, per l'azione affidatale nell'utile della collettività.

Una facile filosofia, a spiegazione del tristo fenomeno, dice: «È colpa della guerra, che fu veramente una inutile strage; colpa della pace, che è stata una concentrazione di errori e di nequizie.»

Due falsità.

L'ultima guerra, fatale, improrogabile, per salvare tutti da una egemonia barbarica, ha certamente travolte esistenze e fortune, ma rammentate: Al principio del secolo scorso ne era già incominciata, e proseguì lungamente, tuttavia, un'altra non meno fiera, non meno disperditrice di forze e di valori; aperta con la morte di Luigi XVI non si chiuse che con l'abdicazione di Napoleone I. Eppure ne uscì, subito dopo, e in parte l'aveva già preceduta, quella letteratura romantica che preannunziò il rinnovamento civile poi compiuto, per loro vanto e conforto, dalle generazioni successive.

La pace? Certo l'applicazione delle formule rigide della nazionalità, doveva per forza sostituire i dolori delle maggioranze effettive ai rimpianti delle minoranze etniche: ma per ciò è da ritenersi che la sparizione della duplice Monarchia asburghese significhi un crimine o uno sproposito?

Certo anche alla Germania vinta furono imposti patti troppo duri, ineseguibili. Ma torniamo ai precedenti e non lontani: quali condizioni aveva fatto il Congresso di Vienna all'Italia? Eppure, lasciando andare il resto – che è tanta somma di storia – eppure, a breve distanza di anni, apparvero «I Promessi Sposi», monumento di serenità artistica, di nobiltà intellettuale.

No, la colpa non è della guerra, non è della pace. Essa è tutta soltanto nostra; dei popoli, cioè, che non hanno saputo e non sanno resistere alla violenza, che lasciano spietatamente disperdere quel patrimonio di giustizia, di libertà, di solidarietà universale che avevano ereditato dai maggiori, per la gloria e la felicità del mondo.

Da questa sottomissione alla forza bruta deriva la dispersione di tutte le altre forze destinate alla protezione del consorzio civile. E perciò si è attutito anche il senso della morale, di quella forza che dovrebbe essere la ispiratrice delle opere d'arte, la regolatrice delle azioni nostre.

Ecco la decadenza reale, grave, minacciosa. Altro che le braccia femminili esposte nude nei versi di Gabriele D'Annunzio!

A proposito del quale, un ultimo richiamo: allora fu denunciato, e nel proposito, condannato quale poeta sudicio, generatore di costumi corrotti. Ebbene, egli, appena ne ebbe l'occasione, combattè eroicamente dovunque e comunque per la patria, per la sua ascensione perenne. Quanti di coloro che lo avevano bollato di immoralità, in quei giorni, non andarono invece mendicando un bracciale rosso, per coprire apparentemente la loro codardia?

E qui ho questo solo da aggiungere: chiederò perdono all'editore Formíggini che mi aveva, per cortesia sua, chiesta una prefazione e a cui, per villana inferiorità mia, ho somministrato una predica.

Del resto, che cosa mai erano queste polemiche se non altrettante prediche? Non per questo tuttavia, credo inutile il ristamparle ora. Esse valgono a dimostrare che uomini già illustri, e un giovane ignoto potessero discutere tra loro una tesi opposta, discuterne certo con sincerità e con passione, ma senza uscire mai dalle norme prescritte da quel codice che andrebbe amato e rispettato più d'ogni altro: il codice della buona educazione.

L'esempio insegnerebbe, se qualche cosa potesse divenire insegnamento ai tempi che corrono.

Luigi Lodi

Alla ricerca della verecondia

Prefazione alle «poesie»

Di Enrico Heine

Sul punto di licenziare al pubblico questo nuovo volume di traduzioni heiniane, mi vien fatto di domandarmi se quella che sto per compiere non è forse una cattiva azione. Un galantuomo, che ha che fare con la poesia, oggi com'oggi, deve star sempre con la paura d'avere le mani un po' sudice; perchè non mai come oggi l'arte di mettere insieme delle parole in forma e suono di versi si è dimostrata corruttrice ed infame. Questo fango che sale sale sale da certa letteratura, e specie da certa poesia, contemporanea, finisce col mettere in diffidenza anche le anime più tranquille, con eccitare lo schifo anche nella gente più di manica larga.

*

* *

Tre anni fa io ebbi la cattiva ispirazione di lodare i primi saggi poetici di un giovinetto, che mostrava qualche attitudine a fare dei versi. Cotesto giovinetto ha seguitato a farne; pur troppo: ed è arrivato a farne di così splendidamente osceni, da meritare, poichè li stampa, che di loro si occupi, non la critica, ma la questura.

Se c'è, come credo, nel nostro codice qualche articolo che punisca gli oltraggi al pudore e l'eccitamento alla corruzione, non si capisce come i procuratori del re in Italia, che certe volte dimostrano tanto zelo nel perseguitare la carta stampata, non si occupino di certa poesia e di certi poeti.

Supponete che in una popolosa città d'Italia, nell'ora e nella via del passeggio, una prostituta, tutta luccicante di seta falsa, d'oro falso, di perle false, di brillanti falsi, andasse mostrando ai passanti la sua mercanzia, e li invitasse a esaminare e a comprare; molto probabilmente le guardie di pubblica sicurezza, avvisate, farebbero cessare lo scandalo, arrestando quella miserabile creatura. E dato che in quel frangente passasse un poeta giovinetto, e gridasse e protestasse che quell'arresto è un'offesa alla libertà dell'arte, perchè quella signora è una signora di sua conoscenza, anzi è nè più nè meno la propria poesia di lui poeta giovinetto, le savie guardie, senza lasciarsi, credo, commuovere dai gridi e dalle proteste, farebbero il loro dovere, e menerebbero la prostituta, o poesia che s'abbia a dire, in luogo sicuro, lasciando il poeta a meditare sui limiti del verismo e del naturalismo nell'arte, cioè su que' tali articoli del codice che vietano gli oltraggi al pudore e l'eccitamento alla corruzione.

Ora come va che le guardie non hanno ancora arrestato la poesia del signore N. N.

*

* *

Già: il signore N. N. è padrone di uccidere la sua forte e barbara giovinezza in braccio de le femmine (barbara e forte, credo, più per la posa e per la rima, che per amore di verità); egli è padrone di obliare fra pazze e infide voluttà la bella sorte a cui si crede chiamato; è anche padrone di raccontare ai suoi «Sodales» i lunghi languori che lo snervano, con annessi i bei seni da le erte punte, le reni feline e le bocche sanguigne, per cui gli è dolce sfiorire; è padrone, s'intende, nel segreto delle sue poco pulite conversazioni coi suddetti «Sodales»; (tutto al più chi credè che egli potesse riuscire a qualche cosa di meglio, sentirà dispiacere di essersi ingannato:) ma quando egli, il signore N. N., raccolti i lubrici fantasmi della pervertita sua mente in una specie d'immondezzaio poetico, che i suoi «Sodales» chiamano sonetti, ci si sdraia sopra oscenamente, e chiama il pubblico ad ammirare le sue prodezze di porcellone; allora... oh! benedetto quel padre santamente severo che, preso per un orecchio lo sciagurato figliuolo e chiusolo in camera, gli amministrasse una buona dose di legnate, per fargli entrare nella testa che, verseggiatori o non verseggiatori, la prima cosa che importa nel mondo è d'essere uomini onesti; benedetto quel procurator del re, che, invece di sequestrare e accusare i sospiri e i gemiti degl'Italiani per l'Oberdan, mostrasse che la legge in Italia è veramente uguale per tutti, che gli oltraggi al pudore e l'eccitamento alla corruzione sono oltraggi al pudore ed eccitamento alla corruzione anche se verseggiati e rimati.

*

* *

Il signore N. N. è padrone di andare in una sera di maggio a passeggiare pel bosco con una sgualdrinella qualunque (è una cosa che a tutti i ragazzi viziati può una o più volte, specialmente nel maggio, accadere); è padrone, mentre passeggia con la sua sgualdrina, di fiutare voluttuosamente l'odore esalante dal corpo di lei (fiutano i cani: perchè non dovrà fiutare un poeta giovinetto?); è padrone, dopo di aver fiutato, di fare con la sua sgualdrina tutto quel che gli pare e piace, cioè tutto quello che i ragazzi viziati fanno con le loro sgualdrine: ma quando il signor N. N. s'immagina che i grandi alberi, la luna e il cielo sieno complici delle sue porcherie, quando in mezzo a quelle porcherie gitta il casto nome di Virgilio, invocandolo propizio al suo canto di lupanare, egli commette una di quelle profanazioni dell'arte che non hanno nome, e per le quali non c'è castigo bastante.

Ma che alberi! ma che Virgilio! I grandi e severi alberi per loro ventura non veggono e non sentono le umane bassezze e sudicerie: se quella sera avessero veduto e sentito, se la voce che da loro sprigiona il vento potesse mai prender suono di voce umana, essi avrebbero gridato: «Via di qua, porcinaglia».

Che cosa ci viene a contare il signore N. N. dei dolci sonni da lui immolati a Virgilio? Ci crede tanto ignoranti, che non sappiamo distinguere nei versi di un poeta giovinetto l'influenza di Virgilio da quella di altri poeti, molto oh molto, diversi? A giudicare dal contenuto di certe poesie del signor N. N., ci sarebbe piuttosto da sospettare che i suoi sonni e' li avesse immolati alla lettura di certi libretti innominabili, stampati alla macchia, che nessun libraio onesto si permette di vendere, che si spacciano di nascosto nei caffè dai venditori ambulanti di fotografie oscene, che di nascosto penetrano, e vi circolano più rapidamente che altrove, nei collegi e nei seminari.

Il signore N. N. si rammenterà però che que' libretti, se li leggeva, li leggeva trepidando e sudando freddo, tra per l'effetto morboso della lettura e pel timore d'essere sorpreso; li leggeva alzando di tratto in tratto gli occhi verso la porta e tenendo lì pronto sul tavolino un altro libro più grande sotto il quale occultare la colpa. Chi sa che quel libro più grande fosse quello, Virgilio! Ma la profanazione del collegiale scusa forse od attenua la profanazione del poeta giovinetto? E l'arte e l'onestà italiana sono cadute tanto in basso, che sarà lecito a qualunque ragazzo scostumato associare alle sue porcherie il casto nome del poeta latino? Sarà lecito, senza che nessuno se ne faccia nè in qua nè in là, e plaudente tutta la pornografica ragazzaglia?

*

* *

Per quale processo, cioè pervertimento, di idee, il signore N. N. sia arrivato a farsi pubblicamente maestro di quelle turpitudini, che studiava in segreto, io non so. Crede egli forse che, a purgare dalla oscenità una poesia, basti lo stamparla in un giornale elegante? – O vestita di bordato o di stoffa, una prostituta è sempre una prostituta. – Lo so anch'io, senza bisogno che me lo venga ad insegnare il signore N. N., che la prostituta vestita di stoffa va in conversazione dalla marchesa Tizia, dalla contessa Caia, dalla banchiera Sempronia; le quali non ricevono a conversazione prostitute vestite di bordato: a quel modo e per quella ragione medesima che la marchesa Tizia, la contessa Caia, e la banchiera Sempronia tengono sui tavolini le poesie del signor N. N., e non ci tengono quelle del cavaliere Marino e del Batacchi. Ma ciò che vuol dire? Vuol dire che il livello morale in Italia è molto basso; vuol dire che c'è delle marchese, delle contesse, delle banchiere, sulla cui faccia un galantuomo non può sputare, per la semplice ragione che lo sputo cadrebbe in luogo troppo indecente.

*

* *

Io non posso abbandonare il signore N. N. senza domandarmi: – Il signore N. N. non ha dunque un padre? non ha una madre? E se li ha, non manda loro, come tutti i giovinetti fanno, i parti della sua musa? Certi parti almeno, voglio credere che non li abbia mandati e non li mandi; voglio credere che gli sia rimasto tanto di pudore, da rispettare almeno il pudore della madre sua. Ma se a quei poveri genitori son caduti sott'occhio per una combinazione qualunque certi versi del figlio, han dovuto leggendoli sentirsi salire le vampe del rossore alla faccia, han dovuto sentire al cuore una stretta ben dura: e ripensando le molte cure spese per educare l'animo di lui a sentimenti alti e gentili, ripensando i molti consigli datigli per preservare la sua giovinezza dalla corruzione del mondo, han dovuto dire a sè stessi che questa corruzione ha da essere ben grande e l'amore del figliuolo per loro ben piccolo, se nell'animo di lui ha potuto molto più l'una dell'altro. Poveri genitori! E quando i figlioletti piú piccoli e le figliuole domanderanno loro notizia delle poesie del fratello, di cui forse han sentito parlare, che cosa risponderanno? Avranno il cuore di rispondere: – Noi le abbiamo distrutte, perchè non vi cadessero sotto gli occhi e ci imparaste a corrompervi? – Poveri genitori! Se maledicono gli studi, se maledicono l'ora che per cagione degli studi mandarono lontano da casa il figliuolo, io non so condannarli. Meglio, oh molto meglio essere il padre e la madre di un rozzo contadinotto, che esercita e rafforza la robusta sua gioventù lavorando i campi, che essere il padre e la madre di un gentile poeta, quand'anche fosse poeta vero, il quale si compiace di uccidere quella gioventù, o robusta o non robusta, in braccio alle femmine!

Io non sono, e credo di non essere stimato, un codino e un bigotto: io sostenni la libertà dell'arte, io difesi il paganesimo delle Odi barbare, io tradussi le poesie di Enrico Heine. Nè mi pento o disdico di quello che dissi e feci; nè credo essere per ciò in contradizione con quello che dico oggi. E sento che il mandar fuori questo nuovo volume di traduzioni heiniane non è, no, come io dubitava, una cattiva azione.

I dilettanti di letteratura oscena potranno, lo so, trovare anche qui qualche cosa che faccia per loro, qualche cosa che ecciti la loro fantasia a nuove produzioni pornografiche: ma e dove non possono essi trovarla, dalla Bibbia a Giovenale, da Giovenale al Parini? E che perciò? Dovremo noi, per lo schifo di questa letteratura, la quale sembra voler concentrare tutto l'essere umano in una sola parte del corpo, che la decenza vieta di nominare, mettere al bando della letteratura tanti grandi scrittori, proibirci di leggerli, o chiedere almeno che non si stampino se non castrati? – No. – Orazio, l'Ariosto, il Byron, Heine non hanno niente di comune con la poesia pornografica, contro la quale io ho sentito il bisogno di protestare: noi possiamo leggerli ancora, e lasciarli leggere ai nostri figliuoli, ai quali non daremo certo a leggere le poesie del signore N. N.

Ho sentito il bisogno di protestare, perchè lo spettacolo di questa gioventù che fa dell'ingegno strumento a corrompere sé stessa, e della sua corruzione si compiace e si gloria, mi fa paura per l'avvenire della patria.

Livorno, 3 Giugno 1883.

G. Chiarini.

Alla ricerca della verecondia

(Anticaglie polemiche)

Carissimo Signore,

Mi è riuscito di vedere – è facile intendere come – la prefazione ch'Ella ha posta alle nuove traduzioni, già pronte per essere pubblicate, del Heine, e quella prefazione mi ha recato così nuova e dolorosa meraviglia; mi è parsa, scritta da Lei, così strana e inattendibile cosa, che ho risoluto di chiederne a Lei stesso, ed in pubblico, qualche spiegazione. Nè della risoluzione – spero – vorrà stupire od offendersi: giacchè – gentile e buono come fu sempre con tutti – non negherà ad un giovane, che non fu mai lodato, neppure pei versi che non scrisse, non mi negherà – dico – di riverirla come maestro, e, come tale, d'interrogarla in alcuni, almeno, dei miei dubbi; di chiederle, a quando a quando, il suo aiuto in quel po' di studi che, alla meglio e nel tempo che mi avanza, vado ancora facendo.

Dacchè dunque la prefazione è per uscire stampata, della prefazione mi consenta discorrere per le stampe.

Nelle venti paginette che essa occupa, non si parla che di un poeta porco.

Ora qui precisamente sta il punto. Mi fa il piacere, Lei, d'insegnarmi chi è, che cosa è, di darmi, insomma, i segni caratteristici, e, alla maniera che dicono gli impiegati di polizia, i connotati del poeta porco?

Della materia, è vero, si chiacchierò molto e coll'identico aggettivo – purtroppo non c'è più novità nel mondo – parecchi anni sono; ma appunto perchè se ne chiacchierò molto, non ci fu verso di conchiudere nulla da nessuno. Ora, pertanto, che l'argomento, e nella stessa forma, è rimesso fuori da Lei, io mi chiedo, non per amore di critica pornografica, non per libidine di guadagnarmi una pubblica lezione da Lei, ma per le maggiori e più vere ragioni dell'arte: «Oh, non sarebbe tempo di porre in chiaro chi e che cosa sia un poeta porco? Cioè, non mette conto di sapere in qual modo le poche persone culte e serie che ci sono tuttavia in Italia definiscano la decenza o giudicano la immoralità nell'arte?»

Giacchè, se si parla del Casti o del Batacchi, io non istò punto in dubbio, non faccio nessuna fatica a indovinare in qual guisa si abbiano a chiamare: per loro quel tale aggettivo, che si dà a stampare così spesso dai critici severi del buon costume e che non si pronuncia mai in una conversazione per bene, viene su, spontaneo, anche alle mie labbra.

Questi signori non erano artisti, e forse neppure, in un senso alto e giusto, scrittori: raccontavano delle sudicerie, perchè dei sudici le comprassero. Che sforzo dobbiam patire dunque noi a dire che non erano uomini puliti?

Ma quando siamo in presenza d'un artista che crede soltanto di mostrare serenamente le qualità del suo ingegno, del suo gusto e del suo stile quando stiamo a sentire un periodo o una strofa magnifica di proprietà, di fantasmi e di armonia, se, per un caso che sarebbe molto fortunato, torni al mondo il Boccaccio senza terrori di morte e torni a scrivere il Decameron, come faremo per sapere dove incomincia la porcheria e quando – secondo insegna Lei – saremo in dovere, per rispetto a noi, al pudore di nostra madre, per il viso della nostra innamorata su cui non va – stia certo – sputato da nessuno, e per tutte le altre e tante cose ch'Ella ha la bontà di enumerare, quando saremo in dovere di metterci alla finestra e strillare: «Olà, guardie, per il decoro dell'arte e per le istituzioni – così si usa esortare a Roma per il bene della patria – venite ed arrestate questo porco?»

Perchè, torno io a chiedere, chi è, che cosa è un poeta porco?

In un articolo che Ella diede alla Domenica Letteraria, tre mesi fa, è detto:

«Vi sono dei poeti che, naturalmente, non hanno il senso della verecondia».

Io potrei pertanto venire a queste due diverse conclusioni:

Prima: che vi sono dei poeti, naturalmente, porci.

Seconda: che nominando poi subito fra i non dotati di quel tal senso il Byron, il De Musset, il Heine, per giudizio suo noi dovremmo recarci dal signor questore a chiedere una postuma e internazionale rivendicazione della moralità pubblica contro di loro.

Ora, dacchè applicando logicamente queste massime si verrebbe a tali conclusioni, così lontane, mi pare, e contrarie dalla volontà sua, sembra a me che sia necessario di risalire finalmente al fondamento della discussione e risolvere una volta la questione vera: «Che cosa è in arte il senso della verecondia?»

Mi ricordo, e voglio ricordarmene per un pezzo, di aver camminata con Lei la piazza del Municipio a Bologna, grande, scura, intatta, quasi, nella sua bellezza medievale, e Lei, come me, e più di me, l'ammirava per ogni lato, così per quello a mezzogiorno, che è formato dalla fronte magnifica nella sua evangelica e mistica povertà del tempio dedicato al Divo Petronio, come per l'altro lato a settentrione, da cui si leva, pompeggiando, il Nettuno del Giambologna, in tutta la gloria della sua virilità nuda.

I ragazzi, correndo intorno alle fontane, e le fanciulle passeggianti assettatuzze e sentimentali con le madri loro, allora allora confessatesi e comunicatesi, guardavano con senso assai meno estetico del nostro, ma con serenità perfetta di impudicizia a quella pubblicata magnificenza di uomo; ebbene, Ella non mi consigliò di ricorrere al signor questore per ottenere un velo di piombo sul Nettuno del Giambologna.

Nè deve offenderla quando è scandito in endecasillabi o in esametri, avvolto in una strofa alcaica o rinserrato in un distico, dacchè Ella da parecchi anni ha promesso di pubblicare tradotte tutte le Odi amatorie di Orazio, ed io so – non è molto, a dir vero – che nelle edizioni per le scuole più d'una di quelle odi amatorie si omette perchè troppo nude.

E neanche dall'esser così alcune di quelle odi si deve conchiudere che Orazio fosse un poeta porco, giacchè – e lo ha stampato Lei nella Domenica Letteraria – vi sono dei poeti grandi anche fra coloro «che misero nel paradiso terrestre delle loro strofe l'uomo e la donna perfettamente ignudi d'anima e di corpo come uscirono dalle mani di Dio, non si rammentando, come del resto non si rammentò lo stesso Dio, del serpente tentatore».

Se la bellezza nell'arte si può mostrare e glorificar nuda, dove sta e in che cosa dunque il senso della verecondia estetica?

Ella, forse, mi risponderà con un ragionamento negativo e mi dirà: – La verecondia è offesa nell'arte quando si fanno descrizioni come il poeta che io ho chiamato porco per 20 pagine di prefazione ha fatte nel libro che ho denunziato alla questura.

Il poeta – mi par tempo di dirlo – è Gabriele D'Annunzio; il libro, l'Intermezzo di rime. Prendiamo dunque in mano il libro rivelatore e mettiamo alla luce della vergogna il poeta porco.

Cerco pagina per pagina, da verso a verso, entro l'elegante volumetto, ma non trovo nulla, proprio nulla, nè di porco nè di sporco.

Che sia io il poco pulito animale?

Altri dica quello che gli torna meglio d'immaginare; io intanto – e con conoscenza di causa – rispondo di no.

Nell'Intermezzo del D'Annunzio ci sono malinconie profonde e amori ardenti e nudità candide, superbe; ma queste malinconie, questi amori, queste nudità sono nobilmente umane e non hanno mai offeso la verecondia di alcuno.

Rileggiamo, egregio signore, uno dei sonetti che meno pretendono all'onore di sostituire la biblica foglia di fico:

> Quando risorta da quel bagno, tutta
> grondante, chiusa ne le chiome scure,
> fremendo preme ne l'arena asciutta
> ella i contorni de le membra pure,
>
> e strette ne la man tiene le frutta
> de 'l seno, urgendo le due punte dure;
> e si striscia, e l'arena aspra le brutta
> stranamente la pelle di figure;
>
> e così maculata ella al lunare
> abbraccio si distende su lo strame
> de l'alghe, e resta immota, resupina;
>
> non dunque su 'l nerastro fondo appare
> ella una grande statua di rame
> corrosa da l'acredine marina?

Il sonetto è dei men belli, ma la descrizione è delle più nude. Ebbene, non è così che pittori e scultori hanno disegnate e scolpite le innumerevoli bagnanti, le Veneri soavi uscenti dalla conchiglia del mare? Ci offendiamo noi forse? E se il Cecioni, per esempio, avesse così serenamente posto nel marmo l'immagine d'una donna, avrebbe Ella invocata la severità della questura o le provvide ammirazioni dei commissari nominati dall'onorevole Baccelli ministro per la pubblica istruzione?

A me pare, dunque, di non meritare pascolo di ghiande se l'Intermezzo non mi fa arrossire di vergogna e rabbrividire per lo schifo. Ma Lei ha voluto anche segnare i punti più immondi nella sua formale denuncia all'autorità.

Veniamo dunque anche a questi punti.

Ella dice: – Il signor D'Annunzio, onestamente, non può raccontare in versi che uccide la sua giovinezza in braccio delle femmine: che ha lunghi languori che lo snervano, che gli è dolce sfiorare per i bei seni dalle erte punte, le reni feline e le bocche sanguigne.

Perchè queste cose non si possono raccontare se sono vere, se al D'Annunzio avviene proprio così?

Ella ha scritto, sempre in quell'articolo che cito per la terza volta della Domenica Letteraria: «La verecondia non entra per niente nel merito artistico d'un poeta e dell'opera sua. Tanto ciò è vero, che il Byron, Alfredo de Musset ed Enrico Heine non sono meno poeti dello Schiller, dello Shelley, del Leopardi, di Victor Hugo. Cercare perchè in loro, come poeti, mancasse l'istinto della verecondia, sarebbe qui fuor di luogo: ci basti che codesto difetto fa parte della loro sincerità. Perciò essi rimangono grandi poeti; e perciò la storia del loro cuore, cioè il modo come essi considerano la donna e sentirono l'amore, ci interessa grandemente».

Se interessa di ricercare ai critici come i poeti morti sentirono l'amore, perchè sarà negato ai poeti vivi di raccontarcelo essi stessi?

Forse perchè ai critici futuri verrebbero a mancar la tela e i colori per sentimentali medaglioni? Ebbene, noi faremo a meno dei critici, purchè i poeti siano – secondo li desidera Lei – sinceri.

Ma la sincerità nel D'Annunzio l'offende specialmente quando narra il suo Peccato di maggio; si offende e diviene stranamente ingiusta. Tre accuse speciali si trova contro il D'Annunzio: perchè si compiace di condurre in un bosco la sua innamorata, perchè fiuta l'odore esalante dal corpo di lei, perchè in quell'abbandono di passione rammenta Virgilio. O da quando in qua costituiscono reato queste cose e questi piaceri?

Nella freschezza profumata della campagna preferivano amare i nostri antichi, più sapienti e più gagliardi adoratori della natura: tutti ricordiamo con affettuosa gelosia l'acre odore di siepe rinchiuso in una bella chioma nera o il profumo di viola uscente da due spalle candide ad arco, nè crediamo gli antichi nè noi tanti porci. Se non ci fossero i profumi e le donne, che cosa staremmo a fare nel mondo?

Lo sdegno poi per il richiamo a Virgilio mi pare assolutamente fuor di luogo. Se il grande Mantovano invitava sotto l'ombre compiacenti e protettrici dei faggi i giovanetti pastori, perchè non potrà il D'Annunzio chiamare nel silenzio odoroso d'un bosco una fanciulla innamorata?

Il Codice penale, intanto, sta pel D'Annunzio.

Io sono venuto enumerandole queste che a me sono apparse contradizioni e confusioni, perchè sono esse che mi hanno suggerita la domanda: «Chi è e che cosa è un poeta porco?»

Dalla sua prefazione – almeno questa sincerità vorrà permetterla – non si capisce; e l'aspetto dalla sua cortesia, dalla sua dottrina. Allorchè uno si mette a scrivere, ha il diritto di sapere se e perchè le guardie saranno chiamate ad arrestarlo.

Il pubblico, dal canto suo, allorchè legge dei versi e non si commuove e non rece, ha il diritto di sapere quando, per questa sua indifferenza, comincia ad essere un porco.

In questa incertezza – stia certo – non si può più durare: oh, ci dica qualcheduno una volta dove stia e in che guisa sia fatta la verecondia nell'arte.

Se vorrà dirlo Lei, farà un grande servizio alla poesia, alla critica, alla morale pubblica, perchè a Lei crederanno tutti.

Io, poi, mi godrò l'orgoglio d'aver provocata la sua sentenza.

Mi ricordi di Lei

devotissimo

Luigi Lodi

Al signor

Giuseppe Chiarini.

(Dalla Domenica letteraria del 22 luglio 1883, n. 29).

Nudità

Molti ricordano certo nel Decameron la novella quarta della prima giornata. Io, per motivi che presto s'immaginano, non posso qui raccontarla, e nemmeno riassumerla; posso bensì ricordare il motto col quale il fraticello novizio verso la fine si meraviglia d'aver appreso come i monaci si facciano priemere dalle femmine come da' digiuni e dalle vigilie...

Sia detto con tutto il riguardo ai poeti e alle donne, ma il fatto è questo: la femmina oggi preme troppo sulla nostra poesia, sul romanzo, e in genere sulla letteratura e sull'arte nostra. Se invece della femmina io avessi potuto scrivere la donna, le ragioni di lamentarsi o non esisterebbero o sarebbero di diversa maniera, ed io non metterei sulla carta ora queste considerazioni. Ma d'altra parte è vano illudersi; se noi cerchiamo freddamente la «prima radice» di moltissima parte delle commozioni che vengono in noi dalle liriche e dai romanzi ultimissimi, siamo condotti a concludere che quella prima radice è piantata là, in quello stesso terreno ove pullulano le sensazioni carnali schiette e crude; le sensazioni carnali tutte d'un pezzo, senza veruna mescolanza d'elemento ideale e fantastico.

È verissimo che non si dice ancora pane al pane e barba alla barba; ma nè anche si sciupa troppo tempo in cerca di perifrasi attenuanti; e tutte le concessioni ormai si riducono ad una certa sinonimìa discreta che indulge agli ultimi bisogni della decenza fonetica. E a breve andare forse anche quella sinonimìa scomparirà, e molti batteranno le mani.

*

* *

Abbiamo dunque (a che giova sofisticare sui titoli?) abbiamo dunque questa lirica della libidine, che oggi è in pieno rigoglio e mostra per tutto i suoi fiori lussureggianti al sole, e dà al capo della gente con gli acuti profumi di cui impregna per largo tratto l'atmosfera. Osserviamola un poco sine ira et studio, come un fenomeno qualunque del mondo letterario, con criteri puramente artistici, come si sono potuti osservare e studiare, per esempio, la lirica religiosa nel periodo manzoniano, la lirica della educazione civile nel periodo dell'Alfieri e del Parini, e via discorrendo.

E anzitutto lasciatemi affermare che si tratta di cosa nuova e tutta propria del nostro tempo. A che giova citare Catullo, Orazio, il Boccaccio, l'Ariosto, il Parini e tanti altri? Sta bene; niente di nuovo sotto il sole, e qualche precedente, sotto una o sott'altra forma, si rinviene sempre a tutte le cose di questo mondo. Ma il nuovo con ciò non s'esclude; e nel caso nostro, se esaminate ad uno ad uno i pezzi di poesia erotica antica, o sparsi per entro a vaste composizioni o formanti essi una composizione a parte, quando porgiate ben attento l'orecchio, d'un fatto v'accorgerete sempre: che vi manca la schietta e compiuta intonazione lirica. V'accorgerete invece che sono divagazioni dilettose e leggiere a cui l'animo del poeta s'è lasciato andare, per ragioni che qui non si vogliono discutere, senza abbandonare mai il tono lieve della facezia. Mancano sempre l'intenzione e la passione, nel senso vero con cui s'applicano alla lirica queste due parole.

A questo si venne nel nostro secolo; e cominciarono in Francia di proposito, dopo qualche vago accenno anteriore, il Sainte-Beuve col libro Volupté, in cui si sentono i brividi sensuali della carne contenuti a stento dalla temenza religiosa, misti, fusi, alimentati nell'umore malinconico; e Alfredo de Musset, che quei brividi e quelle malinconie affida arditamente alle strofe alate. Non s'era lungamente e dottamente dissertato della «riabilitazione della carne»? Ebbene, questa corrente speculativa doveva come sempre, avere la sua corrente poetica, e il giovine poeta parigino era nato fatto per tuffarvisi dentro con inconscia baldanza di trionfatore:

> Qu'elle est superbe en son désordre
> Quand elle tombe, les seins nus,
> Qu'on la voit, béante, se tordre
> Dans un baiser de rage, et mordre
> En criant des mots inconnus!...
> . . . .
>
> Oh! quand sur ma bouche idolâtre
> Elle se pâme, la folâtre,
> Il faut voir, dans nos grands combats,
> Ce corps si souple et si fragile,
> Ainsi qu'une couleuvre agile,
> Fuir et glisser entre mes bras!
> . . . .
>
> Pose ton souffle sur ma bouche,
> Que ton âme y vienne passer!
> Oh restons ainsi dans ma couche
> Jusqu'à l'heure de trépasser!...

Eccola finalmente la vera lirica del senso co' suoi rapimenti, i suoi spasimi, i suoi abbandoni. Prima erano novellette, scherzi, epigrammi; poesia minuta che si contentava di vellicare l'epidermide ed era lontanissima da ogni pretensione di ricercare a fondo il sentimento umano e governarlo co' fantasmi della voluttà. D'ora innanzi anche questi poeti sentono il diritto d'ambire agli onori della grande arte e ripetono con guardo sicuro il voto di Flacco:

> Quod si me lyricis vatibus inseres,
> Sublimi feriam sidera vertice.

*

* *

E sia. In arte io voglio essere fatalista; accettare i fatti come inevitabili, solo riservandomi la facoltà d'osservarli e di farci sopra qualche considerazione.

Il genere ha fatto fortuna: in Francia venne su una falange numerosissima di poeti e novellieri, che uno scrittore umorista chiamò un giorno i poeti e i novellieri della scuola del tordre, perchè gira, gira, il loro cavallo di battaglia, il termine fisso e culminante dell'arte loro, in versi e in prosa, sono sempre certe scene in cui i torcimenti delle voluttà sono descritti con una evidenza incomparabile.

Bisognò che dagli inizi passassero trent'anni (è il tempo all'incirca che occorre sempre ad una forma d'arte per essere rimbalzata di Francia in Italia), ed ecco anche fra noi la novissima lirica prender piede e acquistar favore. Non c'è bisogno di tesserne la storia, perchè l'abbiamo vista svolgersi sotto ai nostri occhi, tanto rapidamente da raggiungere in brevissimo giro quegli ultimi gradi d'espansione a cui non pervenne in Francia che con più torbido e regolare svolgimento. Ieri eravamo sulle orme del De Musset, oggi siamo già a braccetto col Rollinat.

Si è camminato con tanta fretta, che ormai si dubita non vi sia più altra strada da percorrere. È una illusione questa, lo so; ma anche tale illusione pessimista, così diffusa negli animi, va tenuta di conto, perchè ha il suo significato. Certo, Carlo Baudelaire, che, dietro la fantasia malata, aveva spesso il concetto sano e preciso, disse una verità opportunamente preziosa in arte quando affermò: la spécialisation excessive d'une faculté aboutit au néant. La storia di tutti i decadimenti estetici, a chi ben guardi, è abbracciata da questa formula: ma non basta; la sua verità generica e, a prima vista, un po' vaga si condensa e prende evidenza grandissima se s'applica al nostro.

La sensazione erotica ha questo anche di particolare, che è di sua natura soverchiatrice; quand'essa signoreggia, tutte l'altre sensazioni a petto suo rimangono fiacche, torpide, inavvertite, e cedono il campo. Ora trasportate questa sensazione nel dominio della poesia, non di passaggio, e quasi di soppiatto, ma con propositi e forma di lirica vera: quale altro sentimento e ispirazione nel poeta, quale altra predilezione nel lettore credete voi che possa resistere, anche per poco? Sarà come sprigionare della essenza di zibetto in una camera ove prima dei fiori di mughetto e dei garofani facevano sentire la loro fragranza delicata...

*

* *

E questo spiega tante cose. Spiega anzitutto la monotonia dei nostri nuovi poeti erotici. Essi toccano uno strumento monocorde: qualche pennellata di paesaggio per inquadrare la scena viva, palpitante, e altro. È il caso d'applicare il motto: omnia vincit Amor! Che importa, all'innamorato, di tutto il resto del mondo? Questa incuria universale deve apprendersi inevitabilmente al poeta d'amore, quando esso dell'amore non s'abitui a carezzare con la fantasia che un lato solo, e quello per l'appunto che non rispecchia le varie e nobili attinenze della vita e tutte le condensa in una sensazione acuta, tutte le addormenta in un fascio oblivioso.

Ed è naturalissimo ancora che questi poeti, in breve tempo, abbandonino la sobrietà della forma e si lascino andare a modi tormentati, lussureggianti, eccessivi. L'argomento li adesca e li trae con argomenti irresistibili: una espressione audace si converte in pungolo per cercarne un'altra più audace ancora; e una volta giù per la china si va fino in fondo.

Sentite dei versi del Petrarca: i soli, credo, in tutto il Canzoniere, che accennino, benchè con grande temperanza, al desiderio del dolce peccato:

Con lei foss'io dacchè si parte il sole,
E non ci vedess'altri che le stelle;
Sol una notte; e mai non fosse l'alba!

Quanta poesia di dolci ritrovi notturni non s'intravvede delicatamente in questi tre versi! Quale contenuta potenza di desidéri in quell'augurio breve: e mai non fosse l'alba! Ma il poeta vuole fermarsi ancora un poco nel suo sogno delizioso, e prosegue:

E non si trasformasse in verde selva
Per uscirmi di braccia, come il giorno
Che Apollo la seguìa quaggiù per terra.

Voi lo vedete; nel proseguimento la rappresentazione comincia subito ad assumere alcun che di rilevato, di plastico, di materiale. Siamo sempre lontani le mille miglia dai «quadri viventi» della poesia erotica contemporanea, ma ho voluto citare anche questo esempio per notare come una forza di progressione incomba fatalmente a questo genere di poesia; e come questa forza sia facile a diventare soverchiatrice e tirannica se non si contrappone qualcosa d'austero, di maschio, d'elevato e soprattutto di vario a tutto questo erotismo che ora campeggia con monotona perseveranza sulla nostra letteratura.

*

* *

Quale dunque il rimedio? Parlando da artista ad artisti, io non saprei suggerirne che uno: il gusto, ossia il senso della misura.

La nudità e la verecondia non sono che parte accidentale della questione. La nudità è un tèma d'arte per sè eccellente, ma variabile all'infinito nelle sue applicazioni. Con la nudità si va dalle pure forme fidiache alle laidezze plastiche del museo segreto di Napoli, dalle austere evidenze dantesche ai lenocini volgari del Casti e del Batacchi. La verecondia poi o è un caso di coscienza o è un modo del temperamento; due cose molto diverse dal senso e dal criterio artistico. Un tale poeta mancherà, poniamo di verecondia (o l'avevano forse i poeti del Cinquecento, l'Ariosto e il Caro, per esempio?) Ma lo fren dell'arte da lui finamente sentito non gli permetterà di trascorrere oltre certi limiti: un altro poeta invece sentirà repugnanza a scrivere e lasciar stampare una parola alquanto libera, ma poi in linguaggio pulito impregnerà d'essenza di cantaride ogni suo componimento, parendogli la cosa più decente e meglio fatta del mondo.

Il gusto, ripeto, e il senso della misura, ecco i soli rimedi alle intemperanze erotiche della nostra poesia. Questo, spero, avvertiranno presto i nostri giovani poeti: che tutta questa femminilità soverchiante fiacca i nervi alla loro arte, la rende piccola, monotona, manierata, inevitabilmente noiosa, e sentiranno il bisogno di lanciarsi a respirare l'aria d'orizzonti più sani, più vasti, più liberi.

Se no, io credo che il pubblico farà giustizia dei nostri giovani poeti. Ed essi se la saranno meritata.

Enrico Panzacchi.

(Dal Fanfulla della domenica del 5 agosto 1883, n. 31).

Risposta ad E. Panzacchi

Dacchè, nel pensiero d'alcuno almeno, io mi son fatto pubblico campione della inverecondia e della nudità in arte, risponderò con qualche osservazione all'articolo che il Panzacchi pubblica nel Fanfulla della domenica.

L'articolo è appunto intitolato Nudità, e in ogni sua linea aspira ai danni «della novissima lirica, che è quella della libidine».

Così, fra un aggettivo e un sostantivo, il Panzacchi descrive la poetica d'ora; la descrive e con eleganza e calore di movimenti l'accusa, ma non denuncia i colpevoli, non dà le specifiche del delitto, non dimostra insomma le condizioni, enuncia soltanto la gravità del male; tanto che, finito l'articolo, molto attentamente letto, io ancora mi domando: – Ma di chi è, e per quali misteriosi rami fiorisce, quali ignoti paesi minaccia colla sua peccaminosa fioritura di colpire questa lirica del peccato?

Guardo intorno, mi chino a cercare, e la critica della libidine non la trovo.

Ma forse è perchè nell' articolo del Panzacchi non sono riuscito a capir molto; la descrizione che ho citato mi è parsa troppo breve, e i commenti che egli vi ha posti poco chiari.

Per esempio: incominciando a enumerare i difetti e i malvagi effetti di questa non ancora definita lirica della libidine, l'onorevole di Bologna scrive:

– Se esaminate ad uno ad uno i pezzi di poesia erotica antica, quando porgiate ben attento l'orecchio, d'un fatto v'accorgerete sempre: che vi manca la schietta intonazione lirica. –

Manca, dice il Panzacchi? E Saffo, e Properzio, e Tibullo?

Ma accordiamo pure che essa non sia nella poesia antica, ma l'averla può essere per la moderna una colpa?

Immagina il Panzacchi una grande ode, un inno sonante, un sonetto melodioso senza la intonazione lirica?

E l'esserci costantemente anche nelle parti più nude, meno vereconde e più brutali della lirica moderna, non gli dovrebbe provare che questa nudità, inverecondia e brutalità sono un sentimento vivo, comune e, per certe parti, esteticamente animatore?

Perchè osserva il Panzacchi: la nudità pervade tutte le forme dell'arte: abbiamo l'invasione della inverecondia.

In iscultura, dalle femmine idealmente greche siano venuti giù alle petroliere, alle Messaline, alle Licische; nel romanzo e nella novella, dagli ardimenti rivoluzionari del Gautier e del Mürger siamo giunti alla tranquilla impunità, che tutto osa, dello Zola; nel teatro, dalla Signora dalle Camelie, che era 20 anni fa l'ultimo segno della immoralità drammatica, siamo progrediti fino al Divorziamo, al Signor Alfonso, alla Tête de Linotte.

È dunque una espansione universale del desiderio, è un inno alla bellezza umana che si leva da ogni parte, è un libero denudamento della carne, serena sotto il sole, in faccia alla gente che passa.

E la gente da prima si è scandalizzata, poi ha finito col guardare senza arrossire, senza battere le mani o battendole soltanto alla bellezza con placidi occhi contemplata; insomma ha finito col non essere sedotta più dal lenocinio dell'ardito o dell'indecente.

Perchè, quanto hanno fatto la scultura, il romanzo, la drammatica, non potrebbe fare la lirica, come dice il Panzacchi, ultimissima?

Però, intendiamoci: io non difendo nè proclamo la eccellenza estetica di questa lirica novissima: io la butterei volentieri e quasi tutta quanta nel verde opaco Tevere, perchè egli la nascondesse e la inghiottisse, come le altre e molte immondizie della città capitale, insieme al romanzo sperimentale, alla novella realista, al bozzetto descrittivo, a tutta questa goffa miserabile letteratura moderna italiana, tutta meccanica, tutta noiosa, impotente nella sua arroganza cattedratica. Oh, la lirica novissima contorcentesi nella povertà del fantasma sotto il martirio dell'aggettivo, io la diporterei, per tre quarti almeno, nella felice e gloriosa colonia italica d'Assab!

Nè difendo la libidine in arte, giacchè la libidine è una malattia del cervello, è un vizio dell'organismo, e tutto ciò che non è sano e sereno, in arte non è bello.

Io faccio un ragionamento breve e non difficile: – Se in tutte le forme della letteratura, se nei quadri, nelle statue si afferma la gloria del nudo e nessuno se ne lagna e s'offende, evidentemente il culto della nudità – e non intendo solo materialmente di braccia e di altro – è diventato un sentimento comune: all'educazione nostra non ripugna più questa intera sincerità della vita.

Ora, io torno a ripetere, se il pittore, lo scultore, il novelliere, il commediografo possono liberamente descrivere questo nuovo carattere dell'età nostra, perchè non deve poterlo il poeta?

Forse per salvare la castità delle signorine che sono in collegio o delle ragazze che vanno al magazzino?

Lasciate fare: queste giocondità fortunate non leggono i sonetti, l'alcaiche e gli alessandrini della lirica novissima: si annoierebbero troppo!

E per concludere: – Che cosa vuole il Panzacchi? Che non si dica in versi barba alla barba, che la lirica faccia come la presidentessa d'un Comitato di beneficenza e copra di veli candidissimi Amore, che gira tranquillamente nudo per tutte le piazze e le vie dell'Arte? Questo sarei curioso di sapere.

Luigi Lodi

(Dalla Domenica letteraria del 12 agosto 1883, n. 32).

Alla ricerca della inverecondia

(Novità Poetiche)

Un arguto e gentile scrittore di questo giornale due settimane fa mi domandava: «Fa il piacere, Lei, d'insegnarmi che cosa è un poeta porco? di darmi i segni caratteristici, o, alla maniera che dicono gli impiegati di polizia, i connotati del poeta porco?» E soggiungeva: «Se si parla del Casti o del Batacchi, quell'aggettivo viene spontaneo sulle labbra anche a me; ma quando siamo in presenza di un artista, il quale crede mostrare serenamente le qualità del suo ingegno, del suo gusto e del suo stile, quando stiamo a sentire un periodo o una strofa magnifica di proprietà, di fantasmi e di armonia, ecc., ecc., come faremo e in che modo dovremo fare per sapere quando comincia la porcheria?» ecc., ecc. Poi, più giù, detto come il poeta da me chiamato porco era Gabriele D'Annunzio, e il libro pel quale io lo avevo chiamato porco l'Intermezzo di rime, assicurava i lettori di aver cercato pagina per pagina, da verso a verso, entro l'elegante volumetto, e di non aver trovato nulla, proprio nulla, nè di porco, nè di sporco.

Queste parole io me le sono dovute rileggere più volte per convincermi che c'era proprio scritto quello che ci leggevo. E quando mi sono convinto, ho detto fra me: – Che giova dare al mio egregio contradittore le spiegazioni ch'egli mi chiede? che giova cercare di fargli intendere che cosa sono la decenza e la moralità nell'arte? che giova dargli i segni caratteristici del poeta porco; se, quando io glieli avrò dati, lui, facendomi una risata sul viso, mi risponderà: «To', ma questo è il poeta che io chiamo verecondo»? Posta in questi, che sono i veri suoi termini, la questione è bell'e finita. Non resta che citare i versi pei quali io chiamo inverecondo il poeta che al mio contraditore pare verecondo, e rimettersi al giudizio delle poche persone culte e serie che, come il mio contradittore dice, sono tuttavia in Italia. Apriamo dunque l'Intermezzo di rime, apriamolo non precisamente dove l'aprì il mio contraditore, e citiamo:

     Noi ci fermammo. A noi sovra il capo il fulgore
piovea placido e fresco; ne le carni un languore
novo metteane, quasi penetrasse la cute
ammollendo le vene. Ora un desio di acute
voluttà mi pungeva, innanzi a quella bianca
vergine inconsapevole. – Io sono tanto stanca –
ella disse, piegando ne la persona...

             Oh come
si scoperse la gola tra l'onda de le chiome
e le iridi si persero, fiori ne 'l latte, in fondo
a 'l cerchio de le pàlpebre! Oh come il sen rotondo
sgorgò fuor de la tunica!

             Io mi sentii su li occhi
scendere un denso velo; e le caddi a' ginocchi
e. . . . .

Adagio a' ma' passi. Certi dibattimenti nei tribunali si fanno a porte chiuse; e qui non ci è porte da chiudere; qui siamo in piazza. No, io non andrò innanzi nella citazione; io debbo rispetto ai miei lettori ed a me; io non debbo contaminare di citazioni immonde l'onesta mia prosa. Ma a tutto c'è il suo rimedio: sèguiti la citazione il mio contradditore; lui, al quale paiono verecondi i versi ch'io debbo per verecondia tacere, non può averci difficoltà: sèguiti dunque a citare fino a tutta la pagina 34; citi, se non gli basta, qualche ottava della Venere d'acqua dolce, fermandosi specialmente alla pagina 65: e, terminate le citazioni, ripeta in cospetto delle poche persone culte e serie che ci sono tuttavia in Italia la sua affermazione, che cioè entro l'elegante volumetto egli non ha trovato niente nè di porco nè di sporco; la ripeta, e ripeta poi la domanda: «Che sia io il poco pulito animale?»

Quando le poche persone culte e serie che sono tuttavia in Italia gli avranno risposto, mi faccia poi sapere la risposta; con la quale rimarrà compiutamente esaurita e risolta, senza disputa nessuna, la nostra questione.

*

* *

Ma no, veda, mio bravo signor Lodi, nei versi del d'Annunzio che io ho stigmatizzati non è questione di nudità, com'Ella sembrò credere, o volle forse far credere. Il sonetto che Ella riporta, come uno dei più nudi e dei meno belli (anche a me piace assai poco), non mi dà molta noia: ciò che nei versi del D'Annunzio mi dà noia, ciò che fece traboccare il mio sdegno, ora, dopo quelle citazioni, lo avrà spero, capito anche Lei: caso mai non lo avesse capito bene, ci torneremo sopra.

Il nudo, quando è fuso in bronzo, o scolpito in marmo, mi dà tanto poco noia, che io non solo non pensai a scandalizzarmi, com'Ella nota, davanti al Nettuno del Giambologna, ma non ci pensai nemmeno nelle gallerie di Firenze e di Roma, e nel Museo di Napoli, dove del nudo, come Lei sa, ce n'è da cavarsene la voglia. Veda, però, proprio al museo di Napoli, che ebbi la fortuna di visitare parecchi anni sono in compagnia di un illustre personaggio, il senatore Fiorelli che ci accompagnava, dopo che avemmo veduto tutto, trasse fuori da una stanza, chiusa al pubblico, un piccolo gruppo, dinanzi al quale io restai meravigliato: poche opere d'arte avevo vedute di tanta perfezione.

«Oh perchè – dirà Lei – se quel gruppo è tanto bello, lo tengono chiuso?»

E veda, rispondo io, quel gruppo è molto meno nudo delle altre statue, perchè rappresenta una capra, che, come Lei sa, non ha bisogno, per vestirsi, d'incomodare la sarta, e un satiro, che per buona parte del corpo è vestito anche lui, vestito di un abito non lavorato a Parigi, ma insomma vestito. E veda ancora: nè il satiro nè la capra non mostrano nessuna di quelle parti per le quali fu inventata la foglia di fico.

«Oh dunque?» Ecco: il satiro però e la capra stanno fra loro in una certa posizione, fanno fra loro una certa faccenda, naturali l'una e l'altra fra maschio e femmina, ma che tuttavia le leggi e le usanze della nostra civiltà non vogliono, per molte buone ragioni, che sieno esposte nè fatte, vuoi realmente, vuoi per rappresentazione artistica, sotto gli occhi del pubblico.

Qui, vede, proprio qui, mio bravo signor Lodi, sta il punto delicato e culminante della questione: qui, proprio qui, comincia, anzi è cominciata, e ci siamo proprio in mezzo, la porcheria dell'artista

28

che crede mostrare serenamente le qualità del suo ingegno, del suo gusto e del suo stile; qui, proprio qui, io potrei cominciare a darle (se oramai non fosse inutile) i connotati del poeta porco. – Io non sono mica un impiegato di polizia, che non sappia il suo mestiere: lo so almeno tanto bene, quanto sanno il loro gl'impiegati, diremo così, di pornografia.

Mi permetta, mio bravo signor Lodi, Lei che ha fatto tante domande a me, che ne faccia una io a Lei. Ecco: dica, Le piacerebbe, Le parrebbe innocuo, decente, morale, che quel mirabile gruppo della capra e del satiro, riprodotto in terra cotta od in bronzo, stésse esposto nelle vetrine del Janetti a Roma, a Torino, a Firenze, dove fanciulli, giovinetti e ragazze potessero liberamente ammirarlo? Mi risponda schietto e franco, dimenticando, se è possibile, la cattiva causa e il cattivo poeta che ha preso a difendere; mi risponda come farebbe a caso vergine, dopo avere interrogato soltanto la sua educazione e i suoi sentimenti di cittadino onesto, che desidera alla patria una generazione di uomini sani e forti di corpo e di mente, non isfiaccolati e stupiditi dalla venere terrena e solitaria.

Se Lei mi risponde, come credo, di no (e me lo fanno credere i nobili sensi e il forte amor patrio pei quali mi piacquero parecchi suoi articoli del Don Chisciotte), Lei deve anche, per inesorabile necessità di logica, convenire che è tutt'altro che innocua, decente e morale la esposizione che il D'Annunzio ha fatto de' suoi erotismi nell'Intermezzo di rime.

*

* *

Andiamo, via: descrivere tutte le particolarità più lascive che precedono accompagnano e seguono il congresso amoroso di un giovinotto con una signorina che gentilmente si presta, questo Lei lo chiama malinconie profonde, amori ardenti, nudità candide, nobilmente umane, che non hanno mai offeso la verecondia di alcuno? Andiamo via; queste cose non si dicono nemmeno per ridere: se non sapessi che Lei è uno scrittore onesto e gentile, quasi quasi crederei che, scrivendole, avesse voluto farsi beffe de' suoi lettori e di me.

Lei finge di non capire la cagione del mio sdegno per il richiamo a Virgilio. Ma come! Sentirsi nelle membra i fremiti della libidine per il ricordo di una avventura amorosa, prendere cotesti fremiti per ispirazione poetica, e apostrofare il gentile poeta mantovano: Olà, dammi tu la tua arte, sì ch'io racconti ai bravi giovinetti italiani, ammiratori dei miei versi e frequentatori dei postriboli, come qualmente io mi presi diletto della bianca vergine inconsapevole (fra parentisi le raccomando quella po' po' d'inconsapevolezza)... come! far questo non è per Lei profanare l'arte e Virgilio? Mi scusi, ma non Le credo: e da Lei difensore di una causa sballata m'appello a Lei scrivente senza nessuna causa da difendere.

«Ma se il grande Mantovano, dice Lei, invitava sotto l'ombre compiacenti dei faggi i giovinetti pastori, perchè non potrà il D'Annunzio chiamare nel silenzio odoroso d'un bosco una fanciulla innamorata?» Non confondiamo: io non ho mai negato al D'Annunzio il diritto di chiamare nel silenzio odoroso dei boschi quante fanciulle gli pare; gli ho solamente negato (che è cosa molto diversa) il diritto di raccontare in poesia quel che va a fare con loro, quando va a far cose che non si ridicono fra la gente per bene. Certi amori, abbominevoli per noi, non avevano niente di turpe per gli antichi greci e romani. Anche di ciò va tenuto conto. Tuttavia io non mi ricordo che nelle ecloghe di Virgilio ci sia nulla che faccia arrossire una persona beneducata. Veda: se il D'Annunzio, invece di descrivere i carnosi fiori del petto di Yella, drizzantisi al lascivo tentare delle sue dita, si

29

fosse contentato, come il pastore Coridone apostrofante il formoso Alessi, di sfogare gli ardori suoi parlando di pecore e di capretti, di noci e di corbezzole, di latte e di cacio fresco; o se, magari, si fosse messo a sedere sull'erba, lui da una parte e la sua Yella dall'altra, e lì, Arcades ambo Et cantare pares et respondere parati, avessero intonato un duetto a uso Coridone e Tirsi (il D'Annunzio, secondo me, sarebbe stato meglio in carattere); io, veda, invece di rinfrescare queste che Lei chiama anticaglie polemiche, e mettere Lei nell'impaccio di domandarmi i connotati del poeta porco, sarei stato zitto zitto a sentire, facendo molto volentieri la parte di Melibeo.

Mi spiego? La questione non è del fatto amoroso, ma della parte di esso che si racconta, e del modo come si racconta. Pare a Lei che in ciò siavi nessun punto di contatto fra le ecloghe di Virgilio e il Peccato di maggio e la Venere d'acqua dolce?

Chiedo perdono agli ammiratori del poeta latino della sacrilega domanda a cui la discussione m'ha condotto.

*

* *

Io diceva dunque che nei versi del D'Annunzio non è questione di nudità, e che della nudità sola io non sono molto facile a scandalizzarmi. Mi pare d'aver dimostrato e chiarito tanto quanto quel che io diceva: tuttavia se il signor Lodi permette, mi proverò a chiarirlo anche meglio. Aggiungo che, quando la rappresentazione del modo non è fatta a sfogo ed eccitamento di sensualità (che subito si conosce), io non me ne scandalizzo niente affatto; come non mi scandalizzo niente affatto se prosatori e poeti nominano a tempo e luogo, senza reticenze vigliacche, senza impiastricciamenti ipocriti di circonlocuzioni e di metafore, cose e parole che fanno arricciare il naso alle schifiltose damine.

Quando il Carducci mandò al Fanfulla della Domenica la poesia A proposito del processo Fadda, una certa strofe diceva:

> Poi se un puttin di bronzo avvien che mostri
> Un po' di pipi al sole,
> Protesterete con furor d'inchiostri,
> Con fulmin di parole.

Il Martini, allora direttore del giornale, pregò con un telegramma il Carducci di levare quel pipi, che avrebbe, si capiva, offeso la verecondia delle schifiltose damine, le quali si può giurare, non si offendono oggi, e non si sarebbero offese allora, delle nudità candide nobilmente umane, come dice Lei, del D'Annunzio. Io son fatto d'una pasta molto diversa, e molto più rozza, s'intende; io non mi scandalizzai niente affatto di quel pipi; e al Carducci che me ne domandava, risposi: Oh lascialo stare! Ma il Carducci lo levò perchè non metteva il conto di scontentare per così poco il Martini, il quale dal suo punto di vista aveva centomila ragioni.

Intende Lei, signor Lodi, perchè io, che non mi scandalizzai di quel pipi, che, senza turarmi il naso, leggo in Dante la parola merda, che non mi scandalizzo al resupina jacens, con quel che segue, di Giovenale, chiamo, peggio che indecenti, oscene e corruttrici certe poesie del D'Annunzio? Se non lo intende ancora, cercherò di farglielo intendere con un esempio. E giacchè ho nominato Giovenale, pigliamo l'esempio da lui. Giovenale dunque e il D'Annunzio (chieggo perdono di mettere accanto questi due nomi) descrivono entrambi il petto ignudo d'una donna. Tunc nuda papillis prostitit auratis, dice con le parole proprie il grande poeta latino, parlando di Messalina: il piccolo poeta italiano, parlando di Yella, dice, come vedemmo, con una similitudine barocca, che le punte del suo petto si drizzavano, come carnosi fiori, ecc. La rappresentazione del poeta latino per me è moralissima; quella dell'italiano è immorale: per le damine, la cui verecondia sarebbe stata offesa da quel po' di pipi del puttino di bronzo, deve, io credo, essere perfettamente il contrario. Lei, signor Lodi, dica, da qual parte si mette? Da qualunque parte si metta, non le farò il torto di spiegarle la differenza che passa fra il fatto del poeta latino e quello dell'italiano.

A Lei parve di cogliermi in contradizione perchè io, denunziante al procuratore del re e alla questura la poesia del D'Annunzio, non denunziai anche quella di altri poeti ai quali dissi mancare il senso della verecondia. Anzi, nota Lei «ch'io promisi di tradurre le Odi amatorie di Orazio»; e noto io che tradussi parecchie poesie del Heine, poeti ambedue non verecondi. Scrissi anche, è vero, com'Ella ricorda, che «la verecondia non entra per nulla nel merito artistico di un poeta e dell'opera sua; che il difetto della verecondia nel Byron, nel De Musset, nel Heine, fu parte della loro sincerità; e che perciò essi rimangono grandi poeti, e la storia del loro cuore c'interessa». Dalle quali mie parole Ella si fa strada a domandare: «Se interessa ai critici di ricercare come i poeti morti sentirono l'amore, perchè sarà negato ai poeti vivi di raccontarcelo essi stessi?»

Adagio un po'. Qui bisogna distinguere: i poeti morti son morti, e i vivi son vivi: i morti non si può fare che non sieno stati ciò che furono: ai vivi, se non ci pare che siano quel che vorremmo, abbiamo il diritto, e in certi casi il dovere, di dirlo.

La sincerità è una bella cosa; l'amo anch'io, non solo nei poeti, come fu notato da Lei, ma in tutti gli uomini; sotto certe condizioni però. Se io, puta caso, conoscessi un giovinetto dedito all'ubriachezza, o al rubare, o allo scrivere cose oscene (io qui considero lo scrivere non come opera di arte, ma come un'altra azione umana qualunque, onesta o disonesta), io non mi sentirei mica di dirgli: – Figliuolo mio, bisogna esser sinceri, fa' quello a che ti porta la tua natura, cioè sèguita ad ubriacarti, o a rubare, o a scrivere cose oscene; – gli direi piuttosto: – Quel che tu fai è male, cerca di correggerti. – Io, critico, studio tutti i fatti e i sentimenti umani rappresentati dalla parola, così le magnanimità di Dante e del Petrarca come le infamie dell'Aretino; ma io, uomo, desidero ai tempi miei (poichè desiderarlo ai passati non giova) dei poeti che si rassomiglino piuttosto agli amanti di Beatrice e di Laura che all'autore dei sonetti illustranti le tavole di Giulio Romano.

*

* *

Ho detto che bisogna distinguere: e distinguo anche (oh come distinguo!) fra i grandi poeti che dissi mancare di verecondia e il D'Annunzio. E noto che, quando accennai questo difetto in essi della verecondia, lo chiamai difetto, non pregio. In Orazio, nel Heine e nel Byron, quel che c'è di men verecondo sono quasi sempre accenni fugaci, cui spesso scusa od attenua lo scherzo o la satira; e non hanno perciò sul lettore anche giovane alcuna trista efficacia: in ogni modo quelli accenni rimangono come piccole macchie in grandi opere, i cui intendimenti sono spesso nobili ed alti, non mai corruttori; mentre nelle poesie del D'Annunzio di cui ci occupiamo, l'argomento principale, lo scopo unico di tutta l'arte, di tutto il lavoro dello scrittore, è la pittura della sensualità nelle sue manifestazioni più basse. Tutto quel che c'è nel Peccato di maggio, è preparazione, è frangia e cornice alla descrizione del fatto erotico; son pennellate di colori accesi messe nel fondo del quadro per dare risalto agli sdilinquimenti afrodisiaci della coppia in amore.

Quanto al De Musset, non l'ho nominato con gli altri, perchè lui ha veramente la gran colpa di essere un po' il babbo di tutta questa poesia del senso, che, oltre farci schifo e dispetto, ci secca maledettamente con la monotonia dei suoi fantasmi, dei suoi suoni, dei suoi colori. Il linguaggio di essa sta tutto in dieci paginette del vocabolario; il cielo nel quale spazia servirebbe egregiamente di sfondo al palcoscenico di un teatrino di marionette. Ma almeno nel De Musset, oltre i fremiti e gli spasimi del senso, c'è anche il sentimento ed il pensiero, che mancano affatto nei nostri poetini sensualisti. E mi hanno l'aria di giovani scostumati che, avendo qualche suono musicale negli orecchi, e qualche diecina di aggettivi luccicanti nella memoria, ma niente nel cervello e nel cuore, mettono in versi le loro porcheriole e credono fare della poesia. Io inchino molto a credere che questa brutta fioritura di poesia sensualistica sia indizio, non solo di decadenza morale e letteraria come fu sempre, ma fisica. Un medico e scienziato amico mio mi faceva osservare che uno dei segni più certi e costanti di rammollimento cerebrale negli infelici che ne sono minacciati è il mostrare le parti pudende.

Parlando della poesia sensualistica del D'Annunzio, io non ho voluto affatto entrare nel merito letterario di essa e nella questione dell'arte; io l'ho, come dissi, considerata semplicemente come un'azione umana, secondo i criteri dell'onesto e del disonesto. Ciò deve apparire evidente in questa mia chiacchierata; ma mi piace dichiararlo esplicitamente e richiamarci sopra l'attenzione del mio gentile contradittore; perchè, caso mai gli saltasse in testa di rispondermi, e' dovrebbe non uscire dal campo morale, e sforzarsi di mostrarmi, solamente in quello, non dico l'onestà, ma la non disonestà del Peccato di maggio e della Venere d'acqua dolce.

Quanto al merito letterario di queste e delle altre poesie del D'Annunzio, i lettori si saranno accorti ch'io sono molte miglia lontano dagli apprezzamenti e dal giudizio del mio bravo signor Lodi: ma, quando anche lui avesse ragione ed io torto, ciò non farebbe nulla alla presente questione. Le due poesie del D'Annunzio potrebbero, come opera d'arte, essere perfette quanto il gruppo della capra e del satiro; resterebbero sempre, secondo me, due azioni disoneste.

L'arte e la poesia furono sempre uno dei più costanti affetti, una delle più care consolazioni della mia vita; ma dovessero condurmi ad amare, o anche solamente a scusare e tollerare la disonestà, preferirei diventare analfabeta.

Giuseppe Chiarini.

(Dalla Domenica letteraria del 19 agosto 1883, n. 33).

Questioni ardenti

I.

Pornografia! – E perchè non parlarne? oggi che l'argomento è all'ordine del giorno; oggi che amabili signore, in una beata ignoranza etimologica, ne discorrono intrepidamente; oggi che la discussione si è fatta ardente nelle conversazioni, sui giornali, nei libri?.... Sentiamo dunque, esaminiamo, ragioniamone un poco, spregiudicatamente, urbanamente, senza fanatico zelo e senza reticenze o paure.

Giuseppe Chiarini, sul punto di licenziare al pubblico il volume delle sue eccellenti traduzioni delle poesie di Enrico Heine, delle quali ci riserbiamo discorrere in prossima occasione, si è domandato se quello che stava per compiere non fosse per avventura una cattiva azione, perchè «un galantuomo (cito le sue parole) che ha che fare con la poesia, oggi come oggi, deve star sempre con la paura di aver le mani un po'sudice; perchè non mai come oggi l'arte di mettere insieme delle parole in forma e suono di versi si è dimostrata corruttrice ed infame. Questo fango che sale, sale, sale da certa letteratura, specie da certa poesia contemporanea, finisce con eccitare lo schifo anche nella gente più di manica larga».

In prova, adduce l'esempio degli ultimi versi di Gabriele D'Annunzio, e li addita alla indignazione del pubblico, e li attacca con una violenza resa eloquente dalle generose intenzioni dello scrittore.

Tre considerazioni a me pare che siano a desiderarsi, per amor di giustizia, in quella terribile requisitoria 1. Il D'Annunzio non è stato il primo in Italia a fare della poesia pornografica; 2.ᵃᵃ Il D'Annunzio non è il solo che oggi ne faccia; 3.ᵃ Accanto alle inescusabili pitture lascive di certe pagine, ve ne sono delle bellissime immuni di tal macchia. I Madrigali son cesellati con singolare abilità. I Vecchi Pastelli ricordano la malinconia dei paesaggi e delle marine di Ruysdael, e sono per plasticità e per colorito veramente notevoli. Il soffio e il movimento lirico abbondano anche nelle poesie più deplorabili di questo volumetto. Il paesaggio silvestre in Peccato di Maggio – quello fluviale in Venere d'acqua dolce, son coloriti e animati come i quadri del Michetti: vi è una curiosa felicitas di espressioni e di epiteti che dà vita e rilievo e quasi un palpito umano al paesaggio. Per musicalità di verso, come melodista, il D'Annunzio è il primo fra i giovani poeti in Italia. E quando ripenso meco stesso di quali preziosi ed unici doni egli abusi, non so se in me prevalga lo sdegno o il dolore.

Premesso questo – a me pare che il Chiarini, nello attaccare il carattere della maggior parte di quelle poesie, abbia mille ragioni. «No, egli conclude, nè Orazio, nè l'Ariosto, nè il Byron, nè Heine hanno niente di comune con questa poesia pornografica, contro la quale ho sentito il bisogno di protestare».

In un articolo che io pubblicai su Terra Vergine e Canto Novo di Gabriele D'Annunzio, dopo avere esaminato e lodato e anche ammirato con sincero entusiasmo molte cose belle di quei due volumi, che erano, per lo meno, come splendida promessa, un avvenimento letterario in Italia, io scriveva queste parole:

«Vorrei poter cancellare alcune espressioni, troppo sensuali, e che mi paiono inescusabili. Per esempio: il petto della Zarra ficcava nel sangue la smania dei morsi.... Tulespre sentì l'odore della femmina più acuto è più inebriante che l'odore del fieno». – Io senza stare a rilevare tutto il comico di questo paragone, più lusinghiero per gli asini che per le donne, concludevo: «Queste espressioni sono di un pessimo gusto: e il D'Annunzio farebbe bene a guardarsene, anche per amore dell'Arte».

Qual conto egli abbia fatto dei miei consigli, lo dicon oggi Peccato di Maggio e Venere d'acqua dolce. Altro che morsi e fieno!... Ma nos canimus surdis. E non vi è peggio sordo di chi non vuol capire.

II.

Luigi Lodi, in un articolo pubblicato nel N. 29 della Domenica Letteraria, sotto il titolo Alla ricerca della verecondia, difende la libertà illimitata dell'artista, e ammettendo in lui il diritto di tutto narrare e descrivere, purchè vero e sinceramente sentito, si meraviglia che il Chiarini sostenitore di Heine e di Swinburne contro lo zelo di severi censori, sia poi così aspro e violento contro Gabriele D'Annunzio.

Gli è che il D'Annunzio, in vari passi del suo Intermezzo di rime, ha violato certi confini che non si possono impunemente violare – gli è che l'Arte ha il diritto di rappresentar tutto, fino all'oscenità esclusive, ma non inclusive!

Il Lodi riporta il sonetto – Quando risorta da quel bagno ecc. – calda pittura della bagnante che si distende per asciugarsi sulla sabbia, e qualificandolo per una delle descrizioni più nude dell'Intermezzo, mostra che in fondo non vi è nulla d'osceno, che pittori e poeti hanno già osato simili descrizioni, e in conseguenza si meraviglia della severità e della indignazione del Chiarini.

Ecco, se fosse esatto che questo sonetto sia una delle descrizioni più nude e procaci dell'Intermezzo di rime, Luigi Lodi avrebbe causa vinta, e il Chiarini sarebbe, per lo meno, uno scrupoloso.

La verità è che quel sonetto è una plastica pittura senza macchia di oscenità: e se tutto il volume fosse come quel sonetto, il Chiarini si sarebbe risparmiata la sua filippica.

Si provi il Lodi a citare testualmente, invece di quel sonetto, i versi di Venere d'acqua dolce che si leggono a pagina 65 dell'Intermezzo, dal veleno della lussuria fino al verso le labbra con i denti mi segnava. Citi questi dodici versi, e poi ci riparleremo: e il lettore spregiudicato dirà se il Chiarini ebbe ragione o no di alzar la voce contro un simile abuso dell'arte.

E sono simili eccessi, e non il sonetto della bagnante, che hanno strappato quella protesta al Chiarini. Non confondiamo!

«Io non difendo la libidine in arte (scrive il Lodi); la libidine è una malattia del cervello, un vizio dell'organismo; e tutto ciò che non è sano e sereno non è bello». – Parole d'oro!

Ora domanderei al Lodi come chiama la sensazione ispiratrice di Venere d'acqua dolce? Il poeta confessa sinceramente da sè che fu «il veleno della lussuria che gli si insinuò nelle carni a scuotergli i fianchi». Domanderei anche se quei raffinamenti di voluttà, se quei particolari erotici descritti con audacia inaudita di immagini e di vocaboli, son cosa sana e serena. E se mi fosse risposto di sì, allora domanderei che cosa s'intende per libidine, se Venere d'acqua dolce, se la seconda ottava a pagina 65, che sfido il Lodi a citar testualmente, ne sono esenti.

Il Lodi, che fa tante domande a bruciapelo al Chiarini e al Panzacchi, nei numeri 29 e 30 della Domenica Letteraria, vorrà perdonare se gli si fa questa discreta interrogazione.

– «Ma se il D'Annunzio quelle cose le fa, se sente l'amore così, perchè non deve poterle descrivere?» domanda il Lodi.

Incauta domanda!.... Con questa teoria si difendono anche i dialoghi dell'Aretino, il quale probabilmente praticava molto più del D'Annunzio ciò che poi descriveva e dialogava. Come! A qualunque eccesso della parola e del pennello dovrebbe essere scusa sufficiente, e motivo d'assoluzione, l'avere il poeta o il pittore fatto davvero ciò che racconta o dipinge?....

Ma ha pensato un momento il Lodi alle logiche ultime conseguenze di questa teoria?....

Egli afferma che il pubblico italiano legge senza scandalizzarsi e «senza recere» simili descrizioni. Io credo che s'inganni di molto. Da qualche tempo c'è anzi in tutta Italia (e si potrebbe provare per mille segni evidenti) una sazietà, un disgusto, una nausea – anche fra i giovani – di questa letteratura pornografica. C'è nell'aria un'eco generale di «basta! basta!» da Torino a Girgenti.

No, grazie a Dio, il pubblico italiano non è ancora diventato un Minotauro, a cui si debban servire i piatti più afrodisiaci e le nudità più procaci.

Il Lodi sostiene che «la nudità pervade tutte le forme dell'arte moderna: che in tutte le forme della letteratura, nei quadri e nelle statue, si afferma la GLORIA del nudo: che nessuno se ne lagna e si offende: che evidentemente il culto della nudità è diventato un sentimento comune».

Osservo, prima di tutto, che i veri capolavori, la cui fama dura, e non sparisce dopo due o tre anni di moda, i veri capolavori letterari ed artistici, anche dell'ultimo quarto di secolo, non hanno niente affatto tutta quella gloria di nudità, di cui parla il Lodi, Nemmeno lo stesso romanzo. A due o tre potenti romanzi di Emilio Zola, la cui voga è tutt'altro che in aumento, si posson opporre gli immortali romanzi naturalisti di George Eliot, la cui fama e la cui influenza crescono ogni giorno in Europa – romanzi perfetti, specchio sincero della vita, e immacolati d'ogni pornografia. Le più notevoli ed ammirabili produzioni letterarie del tempo nostro, la Légende des siècles, gli Idilli del Re, l'Anello e il Libro, la Trilogia di Swinburne, Atalanta, le Odi barbare, non hanno ombra di pornografia. I più insigni pittori e scultori contemporanei, anche fra gli stessi francesi, non hanno mai prostituito il pennello e lo scalpello a rappresentazioni esclusivamente lascive.

È poi del pari inesatto che il pubblico non si offenda, non si lagni di certe nudità, e che il culto del nudo sia diventato un sentimento comune. Interrogate gli impresari sull'esito di certe commedie francesi più che scollacciate – domandate ai librai come va oggi la vendita di certi romanzi di Emilio Zola.... e poi ditemi dov'è questo crescente trionfo del nudo? Credete che oggi Nanà avrebbe cento edizioni? Ne dubito assai. E dopo le famose cento edizioni, come va che certi libri restan lì, passando in un anno dalla voga all'oblìo, dal boudoir al salumaio? mentre altri libri, senza nessuna gloria di nudo, Vanity Fair, Adam Bede, I promessi sposi, si leggono, si rileggono, si studiano, si traducono, si ristampano e si ammirano continuamente?

Gli è che nell'uomo è innato ed irradicabile un sentimento morale ed estetico che impone certi inviolabili limiti all'Arte.

Ma quel che io chiamo pornografia, indecenza, oscenità, è per il Lodi roba sana e serena: è, per servirmi delle sue parole, «una espansione universale del desiderio, un libero denudamento della carne serena, sotto il sole, in faccia alla gente che passa».

Auguriamoci almeno che nel nuovo regno pornografico, quando passeggeremo per le vie, fra la gente ignuda, si veggano degli Antinoi e delle Elene; altrimenti c'è da condannarsi spontaneamente a domicilio coatto, per evitar lo spettacolo di certe nudità scrofolose.

III.

Un arguto, temperato e credibile critico, il Panzacchi, scriveva pochi giorni fa queste giuste parole: «La sensazione erotica ha questo di particolare, che è di sua natura soverchiatrice. Quando essa signoreggia, tutte le altre sensazioni rimangon fiacche ed inavvertite. E questo spiega la monotonia dei nuovi poeti erotici. L'argomento li adesca e li trae con forza irresistibile: una espressione audace si converte in pungolo per cercarne un'altra più audace ancora.... e una volta giù per la china, si va fino in fondo.... e già siamo arrivati al punto che tutte le concessioni si riducono a una certa sinonimìa discreta che indulge agli ultimi bisogni della decenza fonetica».

Verissimo: la sensazione erotica è di sua natura soverchiatrice.

Vedetene una prova nel Peccato di Maggio del D'Annunzio. Il poeta comincia con una calda pittura di paese... passa alla pittura di voluttà acri ma descrivibili.... poi ascende con avide mani su pel dorso della bella giovinetta e lo sente tremare come un'arpa viva.... E fin qui, passi. Anzi, secondo me, la immagine dell'arpa vivente è ardita, ma bella, efficace, da vero poeta.... finchè – ecco il guaio! – finchè comincia a squillar nelle sue carni il peccato d'Eva e vinta si stende.... e il poeta sente le punte del petto di lei drizzarsi come carnosi fiori.... Non basta ancora: i carnosi fiori hanno sapore di latte e di mandorla, freschi sapori umani.

O Molière! Anche la pornografia ha il suo hôtel Rambouillet!...

E ciò che più irrita nelle novelle e poesie pornografiche che infestano oggi il campo letterario in Francia e in Italia, è la ricercatezza raffinata e barocca della forma, e la nauseabonda monotonìa. Stringi stringi, tutto si riduce a una più o meno velata pittura delle relazioni sessuali fra maschio e femmina. Nè è punto iperbolica l'affermazione del Chiarini, che «questa letteratura sembra voler concentrare tutto l'essere umano in una sola parte del corpo che la decenza vieta di nominare».

I veramente grandi poeti non sono mai pornografici: come non lo sono i più grandi romanzieri. Solo qualche rara volta lo è il Swinburne – Byron non lo è mai, nemmeno nel Don Giovanni. Non lo è mai Goethe, nè Shelley, nè Burns, nè Schiller, nè il Leopardi, nè Tennyson. Il più gran lirico dell'età nostra, Victor Hugo, non ha scritto un sol verso che possa fare arrossire una giovinetta. La musa del più audace e forte tra i viventi poeti italiani, il Carducci, è una musa casta. Se il Musset ha qualche pecca pornografica, la ricompra e compensa e cancella con le ardenti lagrime delle Notti, con la pura e patetica elegia del Souvenir, coi versi in morte della Malibran. I due più grandi scrittori realisti e naturalisti, in verso ed in prosa, Roberto Browning e Giorgio Eliot, che hanno dipinto la vita in tutte le sterminate sue varietà, non hanno una sola pagina pornografica nei loro quaranta volumi.

I miei vecchi amici (pur troppo ho già dei vecchi amici) mi posson rendere testimonianza che fin dalla mia adolescenza (epoca Saturnia, Consule Planco) tutte le mie simpatie sono state sempre per ciò che in Arte vi è di più giovane ardito e originale. Io sono anzi per la libera rappresentazione delle realtà della Vita: per il realismo: ma quale lo intendono Goethe e Wordsworth, Burns e Heine, Dickens e Thackeray, Browning e Eliot: vale a dire per un'arte che studii e traduca tutte le realtà della vita – non una scena sola, non la farsa sola, o l'orgia sola e il delirio, il cariato e il mostruoso – ma anche il bello, il nobile, il patetico e il tragico del gran dramma umano: in una parola, per l'eterno realismo del vecchio Shakspeare che mi dipinge Ofelia e i becchini, la comare e Giulietta, Falstaff e il re Lear. Anche l'amore puro e il sacrifizio e il dovere sono realtà della vita. Perchè sopprimerle sistematicamente, per non dipingerci che la guenille humaine, per non descriverci altro che animaleschi connubi, e il delirio dei sensi sovreccitati?

IV.

A questa snervante femminilità, più da Serraglio che da Parnaso, bisogna opporre un'Arte maschia ed austera – invitare i giovani a ritemprarsi nelle vergini onde dell'antica poesia, a preferire le calme armoniche e caste nudità della Grecia agl'isterici contorcimenti delle etère parigine. Casta è la nudità, e casto è lo stesso amplesso d'amore in Omero e in Teocrito, in Sofocle ed in Virgilio; poeti grandi e forti, perchè semplici e sani.

Fra i moderni, raccomanderei più specialmente ai giovani lo studio di quei poeti che hanno ala potente e vasti orizzonti: i Goethe, gli Shelley, i Byron, i Victor Hugo, Browning, Whitman... tutti i pittori dei grandi spettacoli della Natura. Essi soli posson servire d'antidoto contro questa letteratura pornografica tutta intenta a colorire la sua collezioncina di fotografie di cocottes.

Sapete a che cosa più rassomiglia quest'arte pornografica? – All'arte gesuitica del Seicento e del Settecento, al rococò pomposo, agli svolazzi, agli svenevoli languori, all'orpello, ai luccichìi del Gesù e di Sant'Ignazio di Roma. Basta leggere un canto d'Omero o guardare una statua di Fidia – sentir l'Ideale, sonante nel ritmo dell'esametro alato, o cristallizzato nel bianco marmo pentelico, per provare invincibile nausea di certe pitture asiatiche da basso impero.

Un'ultima considerazione, e, secondo me, la più importante. Questa letteratura pornografica, conseguenza o fòmite di sensuali delirii, è un oltraggio continuato alla donna. L'amore puramente fisico è egoista e crudele: brucia e consuma: strappando gli ultimi veli alla donna, ne fa quel che il Musset definì la meule à pressoir de l'abrutissement. Il pudore è nella donna ciò che per l'uomo è l'onore. La donna è una religione, contro la quale nessun sacrilegio rimane impunito. Infatti, là dove sparisce la donna e sottentra la femmina, la famiglia più non sussiste.

E tale è la grandezza dei suoi destini, che più ella è tenuta e rimane in alto come poesia e come religione, più ella riesce operosa ed efficace nella vita pratica e giornaliera.

Ora a me pare che una letteratura la quale considera la donna come un materiale strumento di voluttà o come une machine à enfantement – la Vita come una pagana idolatria del piacere – e l'Arte come una rappresentazione di forme voluttuose e di voluttà – abbia in sè stessa la propria condanna, e certa cagione di inevitabile e prossima morte.

Se ciò non accadesse – se la letteratura pornografica trionferà su tutta la linea – scrittori e pubblico saranno puniti nel loro stesso peccato. Le donne si vendicheranno della loro ignominia. Le cocottes diventeranno tiranne. Le Marneffe castigheranno gli Hulot... e la pornografia sarà punita da una capricciosa e dispotica pornocrazia.

Enrico Nencioni.

(Dal Fanfulla della domenica del 19 agosto 1883, n. 33).

Nudità e inverecondia

(Novità Polemiche)

Comincerò – poichè la bontà nella vita mi piace quanto, e forse più, la nudità bella nell'arte – comincerò dal ringraziare il Chiarini, il Nencioni ed anche il Panzacchi, che con me sono stati tanto buoni.

Quattro settimane fa, con la serena sfacciataggine d'uno scolaro irrequieto, buttavo giù dalle colonne di questa Domenica una manata di punti interrogativi tutti peccaminosamente impertinenti; li buttavo via per l'Italia, implorando una risposta, che sarebbe stata una lezione per me, e – che vale assai meglio – per molti ingegni che si affaticano nelle prime prove dell'arte. La mia superbia era grande, lo confesserò: confidavo che la risposta e la lezione mi – anzi ci – sarebbero venute dal Chiarini, il quale, per ufficio da lungo tempo esercitato, ha, purtroppo, dovuto piegar l'animo e fortificar la pazienza nell'insegnare ai ragazzi.

Invece – oltre ogni misura d'onesta superbia – anche il Nencioni ed il Panzacchi hanno voluto mostrare che le mie domande non erano del tutto inutili; hanno voluto, con affetto paziente, discutere le mie impertinenze, e, aggiungendo bontà a bontà, i due primi hanno scritto parole cortesi per me, mentre l'autore del Piccolo romanziere, – con non meno gradita cortesia – ha tentato di nascondere alla gente il nome di così grande e impudente peccatore.

Il quale si proverà ora a ribattere, ritornando a commettere il suo peccato, non per amore di sudiceria o per orgoglio maniaco; ma per il culto, coraggioso, e un po' anche doveroso, che ha serbato sempre alle sue idee, unica proprietà e consolazione più alta ed assidua della propria giovinezza.

Al peccatore pare che la serena confessione e la costanza del peccato siano la risposta più degna alla bontà di cui i tre uomini illustri lo hanno onorato.

Almeno, potranno dire: costui non è vigliacco; ha delle opinioni e le proclama in faccia a tutti, le difende anche contro noi.

*

* *

E, compiuto il dovere, veniamo alla discussione.

Quattro settimane fa, dunque, io chiedeva:

«Quale e com'è la poesia porca?»

Avevo sentito il Chiarini invocare contro di lei l'opera vigile e ammanettatrice della Questura, ed io, che nel Codice non aveva trovato nessun articolo, nella collezione degli Atti ufficiali nessuna istruzione sull'argomento, impartita dal ministro per l'interno ai suoi agenti, mi andava ripetendo: «Assolutamente bisogna sapere quando un autore ha il dovere di consegnarsi spontaneamente al procuratore del Re; quando il lettore, da cittadino onesto, deve presentare formale querela e richiamare sopra un libro e sopra un foglio l'attenzione, disgraziatamente distratta, delle autorità».

V'è una letteratura – chiamiamola così – oscena, e di lei so benissimo l'essenza e le forme: c'è una legge severa che la definisce con assai precisione e manda i suoi dilettanti, che sono puniti con lodevole sollecitudine, davanti ai giudici.

Ma quest'arte porca, che i magistrati lasciano tranquillamente correre per la Penisola, che i legislatori non hanno posta tra i reati, di cui si è sempre parlato in mille modi per mille diversi interessi, da tutti, ma che non si è mai giunti a precisare in qual guisa sia fatta, di che materia consista, quest'arte laida e perversa per cui il traduttore di Heine si commuove e si sdegna, quale è, e com'è conformata?

La mia domanda voleva una risposta sollecita e piena, se non altro per ragioni di pubblica utilità.

Ma i tre valenti scrittori non rispondono alla mia interrogazione limitata e precisa: essi mi rivolgono per contro dei ragionamenti vari e ricchi di erudizione, di sentimento, di critica, di morale; ma alla definizione esatta non arrivano; ma alla conclusione sola che a me pareva necessaria si ricusano.

Tuttavia, per la gravità dell'argomento, industriamoci alla meglio, cerchiamo, dalle molte descrizioni che i miei ammonitori fanno della gran colpevole, i caratteri suoi sostanziali, quelli che realmente costituiscono il suo reato.

Il Panzacchi dice:

– La poesia della libidine corrompe l'arte. La verecondia e la nudità non sono che parte accidentale della questione.

Il Chiarini e il Nencioni invece l'accusano unicamente per ragioni di verecondia e di nudità. Il primo scrive:

– L'arte inverecondia toglie ai giovanetti la gagliardìa che debbono consacrare alla patria.

Il secondo sentenzia:

– L'arte nuda corrompe la religione della donna.

Andiamo avanti, chè non ci riesce ancora di capir molto: cerchiamo nelle dissertazioni dei tre critici qualche più chiaro contrassegno.

Donde è nata e da chi è stata commessa quest'arte che tante cose offende e tante persone?

Il Panzacchi risponde:

– È un'invenzione novissima: è incominciata, verso la metà del secolo, in Francia.

– No, ribatte il Chiarini, è antica: infatti debbo riconoscere che Orazio, Heine e Byron – la differenza di tempo e di luogo non è breve – un poco, fuggevolmente, ne fecero.

Ma il Nencioni entra di mezzo ed afferma:

– I veramente grandi poeti non sono mai pornografici; come non lo sono mai i grandi romanzieri. Byron non lo è mai, nemmeno nel Don Giovanni.

Continuiamo pure nelle nostre ricerche: se ci pare di trovare un po' di confusione, d'indeterminatezza e contraddizione al principio, alla fine troveremo la chiarezza, la precisione e l'ordine; la verità è una sola, e – vanno ripetendo da un pezzo – si fa strada sempre.

Il Nencioni nega che gli artisti amino ora la nudità e che il pubblico la guardi con compiacenza: l'arte sensualistica, assicura, volge irreparabilmente al suo termine fra l'abbandono e il disgusto di tutti. Però trova che il D'Annunzio scrive ancora de' bei versi, concepisce tuttavia delle immagini forti e delicate, ha soffio e movimento lirico.

Il Panzacchi di riscontro giudica che la lirica della libidine – egli non parla del romanzo e neppure della pittura – è oggi «in pieno rigoglio e mostra per tutto i suoi fiori lussureggianti al sole, e dà al capo della gente con gli acuti profumi di cui impregna per largo tratto l'atmosfera».

Il Chiarini, da ultimo e pel conto suo, nega risolutamente alle poesie del D'Annunzio ogni merito letterario.

Finiamo, dopo ciò, le indagini, i ravvicinamenti, i confronti: tanto non verremmo a capo di sentirci una buona volta definire che cosa è e dove fiorisce l'arte porca.

Uno alla nostra curiosità risponde che essa è soltanto un malanno per l'estetica; un secondo, invece, che è unicamente un pericolo alla gagliardìa della gioventù maschia; un terzo, che è singolarmente ed essenzialmente un oltraggio alla religione della donna.

Da una parte si scrive che è nata una cinquantina d'anni fa; dall'altra, che viveva ancora, benchè più debolmente, quando sfolgorava la maestà di Roma, da poco divenuta imperiale.

Vi è chi assicura che il Byron non fu mai pornografico, e chi lo ammette; chi trova delle cose buone nell'Intermezzo di rime, e chi non ve ne riconosce una sola.

Nè basta: il Nencioni sentenzia che l'arte della voluttà precipita, il Panzacchi che è in pieno rigoglio: oh come debbo ritrovare io, e con me il pubblico e gli autori, la definizione che sarebbe utile ed urgente di avere?

Dalle ricerche e dai riscontri che sono andato facendo, un costrutto, però, intanto ho raccolto, ed è questo: che la poesia inverecontata è infinitamente più potente, per gli effetti che produce, dell'altra, la sua opposta.

La Marsigliese, l'inno del Mercantini sono certamente liriche vereconde; ebbene, io so di parecchi – non molti – volontari nel Tirolo, che con la camicia rossa sulle spalle, con Giuseppe Garibaldi presente e l'inno del Mercantini sulle labbra, non sapevano vincere la resistenza austriaca; so di moltissimi, migliaia e migliaia di francesi, che a Sedan, a Metz, a Parigi, cantavano il glorioso ritornello della Marsigliese, e deponevano le armi.

Basta, invece, qualche sonetto, un centinaio o due di martelliani o di decasillabi, i quali si discute ancora se siano belli o no, se vi sia o no chi li legga, bastano essi perchè la estetica della nazione sia corrotta, la gagliardìa dei maschi sia tolta, la religione della donna sia profanata.

Evidentemente, secondo i precetti della eloquenza antica, quella di Demostene e di Cicerone, l'arte porca avrebbe ragione dell'arte pulita.

*

* *

Ma a me non preme di provare molta abilità di polemica ai miei lettori: preme invece di risolvere una questione che riguarda l'arte e – parrà strano – la educazione civile del mio paese.

Confesserò dunque che, se una propria definizione manca in tutti e tre gli articoli che i tre illustri avversari della nudità hanno scritto, in quelli però del Chiarini e del Nencioni qualche più sicuro contrassegno, qualche più chiara indicazione c'è.

Entrambi, d'accordo, dicono:

– Il D'Annunzio nell'Intermezzo di rime, uscito ora, ha scritto delle porcherìe.

Ma però quando, subito di poi, vengono a dire dove e come il D'Annunzio le ha scritte, tornano a non andare più insieme e, per poco, non si voltano le spalle.

Il Chiarini, infatti, porta come documento della sua accusa venti o venticinque martelliani del Peccato di maggio; il Nencioni addita, senza attentarsi a riprodurla, un'ottava e un terzo della Venere d'acqua dolce.

Per tutto questo, mio povero e roseo Gabriele, sei stato svergognato in tutte le contrade d'Italia; per questo si è minacciata la pace dolce, legittima, consacrata dai costumi e dalle leggi, che ora godi; per questo, sul tuo capo ricciuto e biondo si è invocata l'eloquenza dei Pubblici Ministeri e la correzione del carcere cellulare! Forse vi è stato eccesso di severità.

Se non che, io non ho a fare il paladino nè a Gabriele D'Annunzio nè ai suoi ultimi versi, che – fra l'altre cose – mi paiono dei men belli fra quanti egli ha pubblicati da quattro anni in poi; io mi affatico e – come vedete – non mi diverto alla sudata ricerca di quella essenza così importante alla poesia, alla pubblica moralità e alla personale sicurezza dei poeti.

Il Chiarini ed il Nencioni hanno designati due punti precisi di lirica infame; vediamo pertanto che cosa contengono e come son fatti.

Per ordine, cominciamo dal Peccato di maggio.

L'autore immagina due giovani innamorati, belli, forti, che passeggiano per un bosco. È il plenilunio reo di calendimaggio: il sole trionfale discende, mentre dalla terra fresca, verde, s'alza, nella placidezza odorosa dei campi, l'inno della primavera. È tutto uno sbocciamento intorno: la grande risurrezione dell'anno. In lui scoppiano più ardenti, più acuti, gli ardori del senso: lei, fra

41

tanta esuberanza di vita, ha la rivelazione di sè: è sopraffatta da un desiderio nuovo, da un tormento infinito di carne inappagata e intatta che scotta...

Ma sentite i versi:

Io sono tanto stanca
ella disse, piegando ne la persona...

Oh come
si scoperse la gola tra l'onda de le chiome
e le iridi si persero, fiori ne 'l latte, in fondo
a 'l cerchio de le pàlpebre! Oh come il sen rotondo
sgorgò fuor de la tunica!

Io mi sentii su li occhi
scendere un denso velo; e le caddi ai ginocchi
e con avide mani su pe 'l suo torso ascesi,
e tremar come un'arpa viva il suo torso intesi.
Atterrita a quei subiti vibramenti d'ignote
fibre, ella con aneliti, gemiti, con immote
le pupille e la bocca dilatata, pendeva
su me. Ne le sue giovini carni il peccato d'Eva
squillava a gran martello, come sopra sonore
lamine di metallo: È l'ora de l'amore!

O voi tutti, vecchi e giovini, che custodite con religione d'amore e di gratitudine, come la più gagliarda e gelosa lirica della vostra esistenza, il ricordo dell'ora felice in cui una giovinetta, inconscia, vinta dal prorompere della sua vigorìa insoddisfatta, del suo affetto, dell'istinto umano superiore e benefico, si è abbandonata a voi stanca, oppressa, come non fu mai più bella; voi tutti che credete quell'abbandono, quella dedizione ineffabile, buona, fatale, una gioia squillante dell'anima vostra, badate al Chiarini che vi ammonisce: quel ricordo, quella lirica, quella gioia meno dimenticabili della vostra esistenza sono tante porcherìe. Perchè se il descriver tutto ciò in versi, il che vuol dire immaginarlo soltanto, è disonesto, a commetterlo in verità, in una notte stellata o sotto un sole di fuoco, deve essere assai ancora più turpe, più scellerato, più porco. E avete inteso; perchè si conservi robusta e cresca alla patria la gioventù che la deve onorare e difendere, queste cose non si hanno a scrivere, e molto meno quindi a fare. Oh, Origene!

Passiamo al secondo corpo di reato: un'ottava più un quarto e cinque sillabe. Il D'Annunzio – omai a ricopiare dei versi mi stanco – racconta un bacio dato nel modo proprio del bacio vero. C'è una statua greca, ammirata in una pubblica galleria, di su le più pubbliche incisioni, in cui la rappresentazione è non meno esatta ed ha sincerità forse maggiore. Ma se un bacio non è dato in fronte, come nei romanzi di cavalleria gli eroi belli ed ingenui baciavano le vergini inconscie, e, purtroppo, clorotiche, se non è dato sulla mano, come ai monsignori, è una sconcezza e offende la religione della donna.

Dopo ciò, vi sentite ancora un galantuomo, o voi che mi leggete?

Io per me scampo alle rimembranze, alle curiosità, alla discussione, come gli eruditi alle questioni grosse: con una citazione.

Eccola qua, ed è di autore non mai sospettato quale corruttore nè dalla Corte del Re nè dalla Curia Romana: Michele de Montaigne.

Egli ha detto, molti anni fa:

«Qu'a fait l'action génitale aux hommes, si naturelle, si nécessaire et si juste, pour n'en oser parler sans vergogne, et pour l'exclure des propos sérieux et réglés?»

Che ha fatto, domando anch'io, dacchè, dopo questi molti anni che sono passati, le pretensioni di un certo pudore e le proibizioni di certa critica rimangono identiche?

Ci sono stati, ci sono e ci saranno dei pittori che hanno dipinto il tradimento di Giuda – il più abbietto dei tradimenti leggendari; degli storici che hanno narrate e debitamente documentate le turpitudini di Tiberio, le pazzìe di Nerone, le ferocie di Caligola; dei tragici che hanno messo sulla scena la passione ripugnante di Mirra; degli epici che han raccontato come un padre mangiasse i suoi figli; dei romanzieri che hanno descritto come una madre vendesse la figlia al maggior offerente; dei lirici che hanno dedicato le loro strofe al disertore, alla spia, al più furibondo assassino: tutte le brutture, le colpe, le anormalità dell'individuo si son raccontate, documentate, analizzate, conservate nei quadri, nelle statue, negli archivi, nelle storie, nei romanzi, nei poemi, di generazione in generazione, di secolo in secolo; ora le prodezze di Troppmann, di Pietro Ceneri, del Cardinali, si illustrano di vignette realiste sui giornali più ricchi ed eleganti: nessuno ha mai protestato, non si è mai indignato contro Tacito o contro Dante, contro Victor Hugo o contro i gerenti dell'Illustrazione, del Gil Blas o del Figaro; non ha mai invocata l'opera vindice della Questura.

È permesso dunque istruire i giovanetti in quanto l'uomo ha commesso di più sanguinoso, di più pazzo, di più stomachevole, di più codardo, durante tutta la storia dell'umanità; non è permesso accennare come la vita dell'umanità si consòli nell'affetto, si conservi nella moltiplicazione.

Documentare le sozzure di papa Borgia è, per esempio, nobile ufficio di storico civile; rendere omaggio di memoria all'amore che è sano, forte, necessario – è azione di iniquo e si deve scontare con la galera.

È logica questa? Se non che, osservate: la logica comune non presta ubbidiente il suo aiuto alla causa, in questo modo definita, della moralità.

La nudità ampia e serena, dice il Nencioni, non offende il pudore; ma è poi offeso dal racconto d'un bacio; e il Chiarini, per mostrarsi meno scrupoloso ancora, racconta come egli voleva lasciare al puttin di marmo, che è nella poesia del Carducci per il processo Fadda, anche quella cosellina che l'autore vi aveva messa ed il Martini vi tolse.

Ma perchè, mio buon signore, gli voleva lasciare quella cosellina, se poi gli era proibito il peccato reo di calendimaggio?

Oh, per me sto col Martini: dati questi precetti di morale, egli fu più giusto e conseguente tagliando via subito. Nell'infanzia il pericolo di morte è meno sicuro.

*

* *

Comunque, osserverò che un grande progresso s'è fatto.

Senza ricordare più lontani esempi; non sono dieci anni che il poeta porco era il povero Praga, già morto, poveretto, di romantichería e di tisi; più tardi il porco divenne il Carducci, benchè, nota egli, ripetendo l'aggettivo, benchè abbia scritto l'Ideale e le Primavere elleniche; poi capitò al Verga, al Capuana, un po' anche al Martini – ricordate: «Il peggio passo è quello dell'uscio» – e molto, moltissimo, ad Olindo Guerrini.

Ma allora s'invocava la morale, la rettorica e l'orror della carne.

Il Praga aveva dedicato delle strofe a una cortigiana morta di tifo; il Carducci, lasciando stare Satana e Dio, aveva dei gusti barbari di stile, così che in un epodo solenne diceva che il tradimento e la vigliaccheria a un certo punto della storia d'Italia s'accoppiavano pubblicamente in piazza in presenza del popolo; immagine del tutto contraria alla dignità dello stile lirico e al buon galateo: il Verga aveva narrato, benchè coperto di tutti i veli in cui si avvolge ora Tersicore dea al cospetto del pubblico, la passione d'un giovane d'ingegno per una ballerina, di quelle che si possono, con gloria dell'onestà, tirare in carrozza a forza di schiena, ma non si debbono amare: il Capuana era reo della Giacinta e della Fosca; il Guerrini, dei Postuma, dove per tutto trionfa l'amore sensualistico. Insomma: quale scrittore durante questo secolo non è stato per un poco porco? Anche al Manzoni rimproverarono la Monaca di Monza.

Ma allora si difendevano delle cose grandi e vecchie: la morale buona che non può consentire che una femmina perduta sia amata; la rettorica buona che non ammette trivialità; il candore delle modiste, delle cameriere, delle signorine uscite di collegio che alla vista di un puttin di marmo che mostrasse qualcosellina al sole si sarebbe d'un tratto offuscato e perduto; allora si era severi, ma logici: Victor Hugo, che aveva fatto rispondere in quel modo Cambronne, era un porco quanto Musset che aveva raccontato l'amore in tutti i modi.

Ora abbiamo una morale, una verecondia, un candore a prezzi ridotti, con diminuzione, almeno d'un tanto per cento.

– La nudità non entra nella questione, – scrive il Panzacchi.

E che importa la nudità al Nencioni? il sonetto del D'Annunzio, per esempio, che io citai quattro settimane fa...

Il Chiarini poi è anche più di manica larga: egli racconta che nel museo di Napoli vide il gruppo del satiro e della capra e non gridò subito: porco! all'autore, che certo non avrebbe sentito.

Si possono adesso dire tutte le cose che erano vietate dieci, cinque anni fa, e tornare a scrivere l'Eva o i Postuma – magari! – senza che nessuno strilli: in faccia a S. Pietro si potrebbe mettere una bella femmina ignuda; si potrebbe anche in un angolo di Montecitorio – simbolo dell'ignoranza serena – mettere un puttino di marmo – purchè fosse assolutamente piccino e non si trattasse che di qualcosellina: il livello della moralità, insomma, si è abbassato, anzi è dato indietro, molto indietro. Ed in pochi anni!

Fra qualche tempo, un altro decennio al più, ci accorgeremo che in qualche luogo è sprofondato ritirandosi: per fermo non è più visibile.

E sulla fossa per dove sarà scomparsa quella miseria di pudore accademico, l'arte e la civile educazione della patria esulteranno, perchè quel giorno tutti noi, finalmente, saremo più sereni, più schietti, più nobilmente innamorati della bellezza e della vigoría umana.

*

* *

Perchè, signori miei, il Boccaccio era un porco? E le donne e gli uomini della Repubblica Fiorentina poco dopo appunto gli ordinamenti di giustizia, erano tutti porci?

Perchè, signori, l'Ariosto era un maiale, e come lui il duca e il cardinale d'Este, ogni gentiluomo, ogni dama che capitasse alla Corte di Ferrara?

Credete voi che il fiorentino abbia raccontata l'astuzia di Peronella o l'incantagione fatta alla coda della cavalla; che il ferrarese abbia rimate le maliarde seduzioni d'Alcina o le varie avventure di Giocondo, proprio per bassa compiacenza della volgarità sudicia e per vendere qualche copia di più del Decameron o dell'Orlando furioso?

E notate bene: le novelle di Dioneo erano narrate in una buona società del Trecento, quella buona società borghese della grande Repubblica che edificò tante chiese, ributtò l'Imperatore tedesco più durabilmente che non avessero fatto i Comuni lombardi, segnatari della pace di Costanza, ed infine instaurò la nuova storia d'Italia. Le dame sentivano Dioneo fare i suoi racconti nudi, e non iscappavano via.

Il canto d'Alcina e quello di Giocondo erano letti da messer Ludovico Ariosto, che dovette mantener fama di galantuomo se fu mandato a nettare dai ladri una provincia; erano letti in presenza del Duca, del Cardinale, delle dame, dei gentiluomini più cospicui di Ferrara, degli artisti più illustri della nazione. Il Cardinale, col suo grasso ghigno di prete, disse una volgarità famosa al poeta, ma chi uscì mai fuori a gridare: «Duca, fate arrestare costui?»

Così pertanto, signori, rinasceva e cresceva di bellezza, di ricchezza, di giocondità l'arte e la storia d'Italia, quando noi, come diceva quello a Gino, noi eravamo grandi e di là dal mare e dalle Alpi non eran nati: così, con un sorriso luminoso, sereno, sicuro, il popolo nostro, benedetto di felicità, di produzione, di pensiero, toglieva al medio evo l'Europa.

Che grande giocondità d'opere e di vita in quei due secoli gloriosi della Rinascenza!

Nulla era vietato, nulla conteso, nulla celato; nessuna paura, nessuna falsità era imposta; solo l'amore della beltà e dell'ingegno regnava. Il mondo sentiva come la gioia sonante della nuova vita che riedificava.

Ma a mezzo il Cinquecento questa espansione solenne di letizia finisce, e l'arte e la fortuna della patria rovinano: è venuto giù da Trento un pauroso suono di preghiere barbare e di minacce: uno sgomento di persecuzione e di morte passa sopra la Penisola, sul cattolicesimo; escono dai monti incontaminati la censura, l'Inquisizione, la morale rigida e falsa, il Seicento, il Seicento tetro, abbrunato, piangente, che sopprime gloria e vita italiana.

Alle statue greche si pongon le camicie di stagno; sul Decameron si cala la falce purificatrice d'un frate fanatico ed ignorante; l'Orlando è squartato; posto all'indice il Machiavelli, e fra' Paolo Sarpi messo in premio al pugnale di tutti gli assassini.

La bellezza è peccato, la forza è peccato, la ribellione a tutte le servitù è peccato: ogni umana virtù è peccato.

45

Quando la civiltà riprende assai tardi il suo cammino e il suo lavoro, quando la filosofia e la poesia annunziano la rivoluzione, Diderot, Voltaire, Beaumarchais, Mirabeau scrivono delle novelle, dei poemi, dei madrigali, delle commedie scelleratamente glorificatrici della carne.

Perchè glorificare la carne significa innalzare l'uomo, nel sentimento della sua forza, alla sincerità della sua vita, alla giocondità operosa della sua mente.

L'uomo ritorni libero, superiore alle minacce, agli sgomenti, alla falsità che l'educazione cattolica per tre secoli gli ha depositato nel sangue; senta che, essendo amante e diventando padre, non compie atto vergognoso, ma adempie alla più nobile delle sue attività.

L'arte, quando era fiorente, narrava tutta sinceramente la vita del paese, ci dava la Commedia e il Canzoniere insieme al Decameron; insieme il Mosè e la Trasfigurazione, insieme l'Orlando e la Mandragora.

Ora noi siamo bene educati; viviamo nell'osservanza del galateo che un monsignore dettò e degli abati ricorressero: i critici dicono: oibò! alla carne, ai fiori, alle immagini ardite della lirica che ci rimane tuttavia; chiamano le guardie se un poeta immagina nuda una fanciulla stupendamente bella, e la fa baciare da un maschio innamorato più giù della fronte; gridano maledizione agli scultori che mettono qualche cosa al sole di quello che anche i puttini di marmo debbono avere; e se un romanziere narra l'amore come lo fantastichiamo, lo vogliamo, lo facciamo tutti, quando ci riesce, i critici ringhiano: la religione della donna è vituperata, la gagliardìa dei giovani corrotta.

Pertanto la nostra arte è falsa, come la nostra vita: dovunque trionfa il trasformismo morale e politico personificato in Sua Eccellenza Agostino Depretis.

Ebbene; io preferisco l'arte che fu messa all'indice, che fu maledetta, squartata, decimata: io preferisco l'arte che raccontava tutto; che tutto ciò che era umano credeva onesto e bello, ed era ricca e gioconda.

Così propriamente; io preferisco i letterati, la borghesia, le Corti dei Cinquecento a quelle d'ora: mi dànno torto il Panzacchi, il Chiarini, il Nencioni?

A qualcheduno, forse interesserà di saperlo. Per me tanto fa, anche se non mi dànno ragione: sto nella mia opinione e non mi credo un porco. Vorrei scrivere, come Zola, l'Assommoir, e combattere, come Mameli, per la libertà.

Luigi Lodi.

(Dalla Domenica letteraria del 26 agosto 1883, n. 34).

Indice